国节日朗诵诗选

张贤明——编选

中国出版集团
现代出版社

目 录

元宵节

妇女节

植树节

清明节

劳动节

青年节

护士节·医师节

儿童节

端午节

建党节

中元节

建军节

七夕节

教师节

中秋节

国庆节

重阳节

丰收节

记者节

附录：西方传统节日

情人节

母亲节

父亲节

听那美好的声音澎湃汹涌而来

春江水暖，东风骀荡。近年来出现的朗诵热，是一个美好而引人注目的文化现象。从央视节目《朗读者》的热播，到互联网上各种有声网站的热传，再到手机 App 的走红和线上线下朗诵活动尤其是节庆朗诵活动的如火如荼，人们对节日朗诵诗歌的文化需求也显得颇为迫切。

各种节庆活动是一种灿烂而温暖的文化积淀，也是一种漫长而温润的文化形态。既有长久性、渐进性，也有历史性、持续性，体现了中国故事的丰富细节和基本精神。它不是人为生造出来的，不是偶发的，而是有着漫长的传承和发展的清晰轨迹的。节日期间出现的朗诵热，其实也是伴随着生活演变而渐渐成形的一种新式的民俗文化，其中有仪式感，有现实需求，也有传统文化心理的现代折射。

我们的生活，需要诗歌的润泽。我们的心灵，需要诗歌的照耀。正是一首一首美丽而莹洁的诗，让我们的精神世界变得绚丽，让我们的灵魂变得芬芳。诗歌界某些人士至今对朗诵诗似乎还是不屑一顾的，认为直白，认为没技术含量，认为缺少细腻和风韵……但是，无论聒噪声多么激烈，那一颗颗燃烧的心、一朵朵绚丽的情、一个个不朽的声音，依然在“诗坛”之外顽强地传递着一份份激情，一份份炽热，一份份悠远博大的丰沛诗意。汪国真先生曾经说过：“请不要对我／奢谈高雅冒充深刻／对于那些／纸上谈兵的大言不惭／对于那些／似是而非的废话／历史从来就没有青睐过／／我只知道／是花就应该香着／是草就应该绿着／是山就应该耸立着／是水就应该清澈着／是好诗就应该在人们的／心中／活着”……在那些貌似高深的批评者面前，顽强的朗诵诗也正是这样，高擎出一枝百花园里的独具特色的美丽，宣告着自己的一份坚定的文化自信和文学自觉。

编选这样一本诗歌选集，重读那些带着风声雨声的诗篇，对编选者而言，其实也是一种激动而真挚的精神洗礼。美国诗评家丹尼尔·霍夫曼曾经说过："诗歌是一个时代的感情气候。"确实，只有真正能够在群众中传诵的诗篇，才能真正成为时代的风向标和晴雨表。"生女犹得嫁比邻，生男埋没随百草""朱门酒肉臭，路有冻死骨""感时花溅泪，恨别鸟惊心""丛菊两开他日泪，孤舟一系故园心""安得广厦千万间，大庇天下寒士俱欢颜"……杜甫笔下这些感人的诗句，带给我们许多作诗和做人的启发。直面现实，使得诗人笔下迸发出灿烂的思想光辉。走向人民，使诗人发出了冷峻、清醒而又充满胆略卓识的悲情呐喊。诗人笔下充溢着一股浩然昂扬之气，温暖明亮，撼人心旌。透过这些节日朗诵诗歌，我们真切自然地感受到了一个时代的细腻真实的心灵史，同时也透过这样一些独特的精神样本，从侧面更真切地感受到穿越时空的丰富的时代细节。其中闪耀着心灵的光泽，记录着诗人的人生轨迹和心灵历程，就像是作者的一篇篇感情日记，我们从中感受到诗人滚烫的心和热切的目光。别林斯基说过："任何伟大诗人之所以伟大，是因为他们的痛苦和幸福的根子深深地伸进了社会和历史的土壤里。因为他是社会、时代、人类的器官和代表。"好的诗歌得益于自我的美学感悟和深厚学养，但更得益于丰富的社会感发、人生历练和生活积累。

朗诵是弘扬诗歌精神、传承诗歌品质的一种重要方式。朗诵能力的提高，既能加深对作品的理解和记忆，同时也能发展语言表达能力，能够更好地把无声的文字变成有声的文字，感染更多听众。因为近年来欣赏过不少现场朗诵，也担任过一些朗诵和朗诵大赛的评委工作，所以关于当下朗诵活动，也有不少感想和感悟，以下与读者朋友们做一些分享：

一、朗诵不是表演。一些青少年甚至成年人把朗诵理解成一种"端"着的艺术，摆着机械的架势，带着单调生硬的动作和夸张、苍白的声音，只做花哨的表面功夫，忽略了情感的自然流露。这样不得要领的"朗诵"，既不能感动自己，更不能打动听众。所谓朗诵，需要的是真正传递文字内容和精髓的美好声音，而不是炫奇炫怪的小丑演员。

二、朗诵作品单调、陈旧的现象非常突出。很多朗诵者朗诵同样的篇目，甚至有的少年朗诵者用稚气的声音朗诵一些私密的爱情诗。这一方面反映了当下朗诵作品的匮乏，另一方面也暴露了朗诵者们单纯模仿一些朗诵范本的弊病。朗诵作品不宜高深艰涩，同时也不宜太口水化和“鸡汤”化，最好选择那些经受过时间淘洗而又浅显平易的中外经典名作。

三、对朗诵作品的理解需要加强。比如食指先生《相信未来》中的名句：“我要用手指那涌向天边的排浪／我要用手掌那托住太阳的大海。”有的朗诵者读为“我要用手，指那涌向天边的排浪／我要用手，掌那托住太阳的大海。”这种断句就别扭而生硬。其实这两句诗应该断句为“我要用手指——那涌向天边的排浪／我要用手掌——那托住太阳的大海。”这里的手指和排浪、手掌和大海之间，是比喻的关系。不认真理解，就难以领略原诗宏阔的意境，传达不出诗人的内心力量和坚定信念。

四、朗诵应该是一种群众文化，不是少数精英的垄断品。在手机等各种现代声音传播设备日益多样的今天，在全民阅读已经列入国家战略的当下社会，普及朗诵艺术确实有着极其独特的文化作用和现实意义。朗诵节奏、语气轻重等技巧，对表情达意的作用是非常重要的，朗诵教师的培养和推广，是非常关键的，也是需要我们的有关部门和社会各界多多支持和关注的。朗诵强调推广普通话，但也不能排斥方言朗诵的有益尝试。试想，如果朗诵也像广场舞一样走进群众中去，那该多好。其滋润人心、教化人生的效应，真是不容小觑啊！

五、朗诵应该成为一种习惯，一种时尚。朗诵不仅仅只是用来参与一个节庆活动，或者是参加一次比赛，进行一次表演，而更应该融入我们的生活，深入我们的心灵，真正依托文本，真挚地感悟和体会文本背后的情感和思想力量。应该不求表面热闹，而是注重内心的丰富和充盈，寻找最和谐的那种共鸣和共振。让每个朗诵者在朗诵中感受一种美好的心灵净化过程，传递一种美好的人生体验，让内心变得更加柔软、细腻和丰美。

当年梅兰芳和孟小冬表演的京剧《游龙戏凤》非常轰动。其中孟小冬演的正德皇帝初次见到梅兰芳演的李凤姐之后，他们之间有一个交流。“梅兰芳”

说："你不能这么用语言来冒犯我吧？""孟小冬"说："我过来见你，不是我存心要冒犯你，因为什么呀？是因为你头上戴了一朵海棠花，风流就在那朵海棠花上，是这朵花吸引了我。"同样，一颗美丽的诗心就像这朵海棠花一样，能够使我们的人生更加丰富和鲜明，更加新鲜和亮丽。另外我还想起了唐代诗人裴迪的《华子冈》："日落松风起，还家草露晞。云光侵履迹，山翠拂人衣。"我觉得诗心就像裴迪笔下的华子冈一样，是一个令人陶醉的美好所在，云光澹然，山色幽微，松风盈耳，丘壑在胸。节庆诗歌的朗诵活动，重心不是看谁在节日里会朗诵，不是看谁抖几个小机灵、玩几个小热闹，而是让更多的观众和读者在节庆活动中共同重温那些美好诗心的深情跃动和激情汹涌，让大家分享诗人们的襟抱、情怀和本真，让大家的心灵世界变得更加璀璨和清澈。

文学界某些人士，目前还是习惯于把歌词和诗歌区分开来。但实际上好的歌词本身就是有着独立文本尊严的美丽诗篇。编者在本次编选中有意选入几首著名歌曲的歌词，这也是需要在此特别说明一下的，非常希望能够得到读者朋友们的共鸣。

朗诵艺术，大有可为。节庆诵读，其韵无穷。推动朗诵艺术和朗诵文学的繁荣和发展，需要社会各界的共同努力。草木蔓发，春山可望。相信春风，山水雀跃。弦歌一堂，万里和鸣。听那美好的声音澎湃汹涌而来，将是多么令人欣喜啊！

元旦

元旦，指公历（亦称阳历）每年的1月1日，为世界多数国家通称的新年，汉代起将农历正月初一称为元旦，1912年后将公历1月1日称为元旦，也被称为阳历年，而将阴历的年改称为春节。

新　年

朱自清

新年天半飞来，
啊，好美丽鲜红的两翅！
她口中含着黄澄澄的金粒——
“未来”的种子。
翅子“拍拍”的声音，
惊破了寂寞。
他们血一样的光，
照彻了夜幕，
幕中人醒，看见新年好乐！
新年交给他们
那颗圆的金粒；
她说，“快好好地种起来，
这是你生命的秘密！”

新　雪

于　克

新年将近的时候
我们盼望一场新雪
盼它纷纷而来
纷纷而来的热情

没有黎明的日子
不能叫作生活
不落新雪的黑土
会伤害北方的自尊

很矜持的雪
无羁无绊漫天而来
静静地
给冻得僵直的道路
添些豪放

它掠过路人的耳际
请大家谛听春的细语
心灵平静如结冰的湖
弹落着雪花的叮叮咚咚

新年将近的时候
我们迎接一场新雪

春运十万吨爱情

海的割耳

明天开始春运
我的行李除了两吨冬天
还有十万吨爱情
我主要路过宋朝和唐朝的纸坟
路过五大洲，路过在河之洲
是第一个向你报到的汉字
直达诗经，第一棵站起来的水草
张开细细的眉眼，我先于斑鸠被你看见

我是第一只串在你目光上的蚂蚱
外焦里嫩，香气流放十万里
适合春游桃花江，席地食用
斑鸠是我最强大的敌手
它唱一首好曲，味道处在高音区
我只有随身携带的十万亩草原
和十万个汉字当亲友团

我要和你唱第一首关关
在诗经的开头爱你，在入云的颈动脉拥抱
不然身后十万亩史书没有户籍

放爆竹

陶行知

一个个的放，
一声声的闹。
它把新的惊起，
把旧的吓跑。
放，放，放，
放到旧的不敢再来到。
放，放，放，不住的放；
放到新的不会再睡觉。

相信未来

食　指

当蜘蛛网无情地查封了我的炉台，
当灰烬的余烟叹息着贫困的悲哀，
我依然固执地铺平失望的灰烬，
用美丽的雪花写下：相信未来。

当我的紫葡萄化为深秋的露水，
当我的鲜花依偎在别人的情怀，
我依然固执地用凝霜的枯藤，
在凄凉的大地上写下：相信未来。

我要用手指那涌向天边的排浪，
我要用手掌那托起太阳的大海，
摇曳着曙光那支温暖漂亮的笔杆，
用孩子的笔体写下：相信未来。

我之所以坚定地相信未来，
是我相信未来人们的眼睛——
她有拨开历史风尘的睫毛，
她有看透岁月篇章的瞳孔。

不管人们对于我们腐烂的皮肉，
那些迷途的惆怅，失败的苦痛，
是寄予感动的热泪，深切的同情，

还是给以轻蔑的微笑，辛辣的嘲讽。

我坚信人们对于我们的脊骨，
那无数次的探索、迷途、失败和成功，
一定会给予热情、客观、公正的评定，
是的，我焦急地等待着他们的评定。

朋友，坚定地相信未来吧，
相信不屈不挠的努力，
相信战胜死亡的年轻，
相信未来，热爱生命。

除夕

除夕，又称大年夜、除夜、岁除、大晦日，是农历一年中最后一天的晚上。农历腊月多为三十天，所以除夕又称大年三十、年三十。除是更易的意思，夕指夜晚。除夕表明旧的岁月在今夜结束，新的岁月亦从这一夜开始。

万事如意

阎　肃

三百六十五个夜晚，
最甜最美的是除夕。
风里飘着香，雪里裹着蜜。
春联写满吉祥，
酒杯盛满富裕。
红灯照，照出全家福。
红烛摇，摇来好消息。
亲情乡情
甜醉了中华儿女。
一声声祝福，
送给你万事如意。

三百六十五个夜晚，
全家大小都在
期待今晚温馨团聚。
年夜饭喷喷香，街上的炮竹响。
让我们同声对着彼此说恭喜：
身体健康，万事如意。
红灯照，照出全家福。
红烛摇，摇来好消息。
亲情乡情
甜醉了中华儿女。
一声声祝福，
送给你万事如意。

小镇的除夕（节选）

熊召政

除夕的高潮随着暮霭来临
多少盆炭火烘烤着黄昏

从一个地名引起的美丽故事
到埃及金字塔的种种传闻
从家族绵延千年的发展
到乡村一个穷亲戚的命运
从报纸上天天宣传的改革
到小镇月复一月的变更
在无尽的故事与笑谈中
人们仿佛净化了自己的感情
父亲宽宥了儿子的喇叭裤
书记默认了邻居的售货亭
白发人则原谅了小镇的人心不古
在电子琴的演奏中等待鸡鸣

小镇的除夕
是人心走向纯朴的时辰

一个人就是一个欢乐的世界
每个世界里都是春雨纷纷
是谁在窗外大喊一句：看灯啰
惊奇与企盼的眼光都投向街心
上百盏走马灯点燃了小镇
辐射出一片绯红的新春

除　夕

郑愁予

十九个教堂塔上的五十四个钟响彻这个小镇
这一年代乃像新浴之金阳轰轰然升起
而萎落了的一九五三年的小花
仅留香气于我底签上

这时，我爱写一些往事了
一只蜗牛之想长翅膀
歪脖子石人之学习说谎
和一只麻雀的含笑的死
与乎我把话梅核儿错掷于金鱼缸里的事

年　终

陆忆敏

记住这个日子
等待下一个日子
在年终的时候
发现我在日子的森林里穿梭

我站在忧愁的山顶
正为应景而错
短小的雨季正飘来气息
一只鸟
沉着而愉快地
在世俗的领地飞翔

一生中我难免
点燃一盏孤灯
照亮心中那些字

岁　末

洛　夫

春天，就这样
从野芹菜回家的那一刻开始了
土拨鼠
整整疑惑了一个冬天
终于探出头
搁在
与雪同时融化的太阳里

那一刻
总是有人赶着回家
（火车到站了，又倥偬倥偬而去）
我习惯迎风而上
一路
追赶
那层层被刮去的皮肤
那一刻，终于见到了母亲
我伸臂抱去
一阵寒风
穿胸而过

故　园

张　枣

春天在周遭耳语
向着某一个断桥般的含义
有人正顶着风，冒雨前进
也许那是池塘青草
典故中偶尔的动静

新燕才闻一两声
燃烧的东西真像你
你以为我会回来
（河流解着冻），穿着白衬衣
我梦见你抵达
马匹嘶鸣不已

或许要洒扫一下门阶
背后的瓜果如水滴（像从前约定过）
阳光一露出，我们便一齐沐浴

春节

春节指农历正月初一，又称年节、新年、大年初一、新岁、年、岁首、新春、过年等，是我国民间场面最盛大、气氛最热闹、地位最重要的一个古老传统节日。

回家过年（节选）

阿　紫

一

天亮了
贴上，红窗花
贴上，红对联
红红的太阳，早早地
等在窗口，等在门外
门一开，窗一开
红红的吉祥
就大步流星地走进来

一上午
忙着，团圆饭
忙得，团团转
一大桌的饭菜
都是老做法
都是老味道
都是浓浓的
对过去的思念

在故乡
日子突然过得很慢
就连鞭炮飞起的纸花
也会飘成一种美

一种在旧时光里
才有的浪漫

熟悉的街巷
不时有熟悉的
或不熟悉的面孔出现
熟悉的，见了面
问短问长，问长问短
问的呀，短的也烫
长的也暖

不熟悉的
也会转过头，看你
猜你，是不是
他认识的人群中
哪一家
哪个人的亲眷

二

据说，有场大风雪要来
我在风雪前
告别，老娘
告别，那张满是皱纹
不舍，也得舍的脸

关上家门
模糊的双眼，看不清
门上的红对联

是几画，是几点
只记得
那牢牢粘住的等待
会完整地等我
再回家过年

送别的晚霞啊
请你不要
再把我的脚步追赶
替我回去看看老娘
劝劝她，不要
呆呆地站在窗前

空空的，屋檐下
那盏红灯笼啊
你是老娘盼我的春天
你要好好陪着她
再春
再夏
再秋
再迎我回来，再一个
雪花漫卷的冬天

其实
不管，在外苦了多少载
也不管，在外累了多少天
老娘在的地方，才是家
一年比一年衰老的娘啊
才是，我要过的年

过　年

简政珍

过年的时候
你在几千里外磨牙
那是岁月叽叽喳喳的声音
到了这个年龄
牙根已稳固
别离的滋味也经得起咀嚼

你尝到什么特别的味道吗
桌上没有鱼肉
可能有一些粉丝和豆干加菜
你是否仍然以五谷米
计算吃素的日子

最渴望的一道菜
是餐桌旁边的电话
喂，你的声音有特别的风味
我的喉咙被你呛住了

我　看

穆　旦

我看一阵向晚的春风
悄悄揉过丰润的青草，
我看它们低首又低首，
也许远水荡起了一片绿潮；

我看飞鸟平展着翅翼
静静吸入深远的晴空里，
我看流云慢慢地红晕
无意沉醉了凝望它的大地。

哦，逝去的多少欢乐和忧戚，
我枉然在你的心胸里描画！
哦！多少年来你丰润的生命
永在寂静的谐奏里勃发。

也许远古的哲人怀着热望，
曾向你舒出咏赞的叹息，
如今却只见他生命的静流
随着季节的起伏而飘逸。

去吧，去吧，哦，生命的飞奔，
叫天风挽你坦荡地漫游，
像鸟的歌唱，云的流盼，树的摇曳；

哦，让我的呼吸与自然合流！

让欢笑和哀愁洒向我心里，
像季节燃起花朵又把它吹熄。

面朝大海，春暖花开

海　子

从明天起，做一个幸福的人
喂马，劈柴，周游世界

从明天起，关心粮食和蔬菜
我有一所房子，面朝大海，春暖花开

从明天起，和每一个亲人通信
告诉他们我的幸福
那幸福的闪电告诉我的
我将告诉每一个人

给每一条河每一座山取一个温暖的名字
陌生人，我也为你祝福
愿你有一个灿烂的前程
愿你有情人终成眷属
愿你在尘世获得幸福
我只愿面朝大海，春暖花开

一首桃花

林徽因

桃花，
那一树的嫣红，
像是春说的一句话；
朵朵露凝的娇艳，
是一些玲珑的字眼，
一瓣瓣的光致，
又是些
柔的匀的吐息；

含着笑，
在有意无意间，
生姿的顾盼。
看——
那一颤动在微风里，
她又留下，淡淡的，
在三月的薄唇边，
一瞥，
一瞥多情的痕迹！

春的预言

——写给朋友的贺年片

纪　宇

朋友，亲爱的朋友，
你让我
写春的感受，
可我的灵感，
正在天外旅游。
她像绵绵的雨丝，
还没系上大明湖的新柳；
她似黄黄的迎春，
还没开满千佛山的额头。
此刻——
北风，
嗖嗖；
思绪，
悠悠。
爆竹的花雨，
漫空洒下；
喜庆的红灯，
簇拥新楼。
亲朋，
战友；
迎新，
辞旧。

心儿似红枣，
已经甜透！
我以春的预言，
伴随你去追求。

愿理想似指路灯，
亮在你的心头；
愿爱情似并蒂莲，
开在你的胸口。
愿意志锋利似锉，
磨去你的困忧；
愿生活宽阔如海，
让你驾起飞舟！
愿千种烦恼，
到此罢休；
愿万般愁虑，
一笔全勾！
撑起开拓的长竿，
飞上新的路口！

崭新的一年，
有个崭新的开头；
相信你酿的是蜜，
不是酸酒；
相信你走的是路，
不是水沟。
相信你的梦是真，
不是虚构；

相信你登的是山，
不是土丘。
相信你的研究，
虽千回百折，
却曲径通幽；
相信你的奋斗，
虽艰辛困顿，
却终能丰收！

你会成为体坛名将，
你会成为文苑新秀，
你会成为劳动模范，
你会成为学者名流……
即便个体经营，
也会是洒一分汗水，
得一份报酬；
假若身处逆境，
也会有三尺豪气，
冲九霄云头！
你的赤子之心，
终会得到理解；
你的生命之火，
必然照亮春秋！
在你痛苦的时侯，
会有一颗颗抚慰你的心；
在你跌倒的时候，
会有一双双搀扶你的手！

我是预言家，

真理是我的舌，

希望是我的口。

我的祝愿，

像土地一样深厚，

种下一粒珍珠，

长出满天星斗。

我的预言，

似历史一般悠久，

时间顺流而下，

生活逆水行舟。

此刻——

花孕，

叶抽；

春来，

冬走。

转眼间就该是，

蛙鼓，

鸟啾；

绿肥，

红瘦。

朋友，亲爱的朋友，

让我用大明湖的柳哨，

为你吹奏，

把那黄黄的、黄黄的

春的温柔，

吹满你，我，他的

——心头……

1986年1月3日写于青岛

元宵节

元宵节在每年农历正月十五，又称上元节、元夕或灯节。正月是农历的元月，古人称夜为宵，所以把一年中第一个月圆之夜，即正月十五称为元宵节。传统习俗赏月、吃元宵（亦称“汤圆”）、出门观灯等。古代青年男女借助观灯赏月等活动在这一天约会嬉戏，所以有中国的情人节之称。

元宵节

曲有源

为了正月十五晚上能有雪
天就起了一个大早
准备了足够的乌云
按规矩
这一天的灯
是要用雪来打的
雪打灯制造出来的气氛
和春天蝴蝶在花丛中飞舞
相类似

元宵是滚动的沸水镟圆的
不用围锅去观察
你也能认可
那热气腾腾的元宵
却不是吃的
而是闹的
我说是从这个孩子的酒窝
滚到那个孩子的酒窝
你不必像看乒乓球似的
那么认真
只要听听笑声
也就够了

要说起闹来

姑娘们往往抿着嘴儿

不说什么

她是把元宵

当圆的绣球

去想象

这一天的焰火

是这一年秋天的

丰收景象

你要想看得广阔而又真切

就得把高跷踩得

越高越好

不能踩高跷的人

就跟着他们跑

围着他们转

只要注意那些扭秧歌人的脸

也能把

这一年的收成

看个究竟

月　光

艾　青

把轻轻的雾撒下来
把安谧的雾撒下来
在褐色的地上敷上白光
月明的夜是无比的温柔与宽阔的啊
给我的灵魂以沐浴
我在寒冷的空气里走着
穿过那些石子铺的小巷
闻着田边腐草堆的气息
那些黑影是些小屋
困倦的人们都已安眠了
没有灯光 静静地
连鼾声也听不见
我走过它们面前
温柔地浮起了一种想望
我想向一切的门走去
我想伸手叩开一切的门
我想俯身向那些沉睡者
说一句轻微的话不惊醒他们
像月光的雾一样流进他们的耳朵
说我此刻最了解而且欢喜他们每一个人

元宵节随想

阿　吾

只能说月亮为东方而存在
为东方在云层中沐浴
月亮黄色的面孔
竟这样接近我们东方人的肤色
东方人因此也为月亮而存在
为月亮举行盛大的生日礼
当明月吹灭了满天星星的烛火
我们又集中点燃各式各样的灯盏
通知整个世界（粗心的人）
今晚元宵灯会

东方原本是月亮的国度
读东方史就像步入月夜中
没有月光的晚上
东方诗人从不吟诗
当然可以干别的事情
（譬如睡觉
喝酒也是喝真正的闷酒）
有了月光大家便失眠了
失眠是过另一半白天
所有的往事都收回到身体的盒子里

依东方的习俗

月亮节要成双成对

元宵节灯会中走散

等到中秋之夜团圆

岁月常常不饶人啊

走散了也许就再不相逢

那就躺到圆月的沙地上

画两只友人的眼睛

任月光把它们抹去

只留下充实的空白一片

良宵引

李元胜

你读到爱时，爱已经不在
你读到春天，我已落叶纷飞

一个人的阅读，和另一个人的书写
有时隔着一杯茶，有时，隔着生死

我喜欢删节后的自我，很多人爱着，我剪下的枝条
直到，奇迹出现了，你用阅读追上了我

你读到一粒沙的沉默
而我，置身于它里面的惊涛骇浪中

圆月夜

何其芳

圆月散下银色的平静，
浸着青草的根如寒冷的水。
睡莲从梦里展开它处女的心，
羞涩的花瓣尖如被吻而红了。
夏夜的花蚊是不寐的，
它的双翅如粘满花蜜的黄蜂的足
窃带我们的私语去告诉芦苇。

说啊，是什么哀怨，什么寒冷摇撼，
你的心，如林叶颤抖于月光的摩抚，
摇坠了你眼里纯洁的珍珠，悲伤的露？
你的声音柔美如天使雪白之手臂
触着每秒光阴都成了黄金。
你以为我是一个残忍的爱人吗？

若我的胸怀如蓝色海波一样柔媚，
枕你有海藻气息的头于我的心脉上。
它的颤跳如鱼嘴里吐出的珠沫，
一串银圈作眠歌之回旋。
迷人的梦已栖止在你的眉尖。
你的眼如含苞未放的并蒂二月兰，
蕴藏着神秘的夜之香麝。

你听见金色的星殒在林间吗？
是黄熟的槐花离开了解放的枝头。
你感到一片绿阴压上你的发际吗？
是从密叶间滑下的微风。
玲珑的栏干的影子已移到我们脚边了。
你沉默的朱唇期待的是什么回答？
是无声的落花一样的吻？

南方的夜

冯　至

我们静静地坐在湖滨，
听燕子给我们讲讲南方的静夜。
南方的静夜已经被它们带来，
夜的芦苇蒸发着浓郁的热情——
　　我已经感到了南方的夜间的陶醉，
　　请你也嗅一嗅吧这芦苇丛中的浓味。

你说大熊星总像是寒带的白熊，
望去使你的全身都觉得凄冷。
这时的燕子轻轻地掠过水面，
零乱了满湖的星影——
　　请你看一看吧这湖中的星象，
　　南方的星夜便是这样的景象。

你说，你疑心那边的白果松，
总仿佛树上的积雪还没有消融。
这时燕子飞上了一棵棕榈，
唱出来一种热烈的歌声——
　　请你听一听吧燕子的歌唱，
　　南方的林中便是这样的景象。

总觉得我们不像是热带的人，

我们的胸中总是秋冬般的平寂。

燕子说，南方有一种珍奇的花朵，

经过二十年的寂寞才开一次——

　　这时我胸中忽觉得有一朵花儿隐藏，

　　它要在这静夜里火一样地开放！

妇女节

国际劳动妇女节在公历3月8日，全称“联合国妇女权益和国际和平日”或“联合国女权和国际和平日”，在中国又称国际妇女节、三八节和三八妇女节，是为庆祝妇女在经济、政治和社会等领域做出的重要贡献和取得的巨大成就而设立的节日。

我喜欢女人

王海桑

我喜欢女人，我喜欢
看见女人
我看见很好的女人很好
于是我的心，善良如水

每一个女人都是一件可爱的事物
如若神点头示意，她就会
模样可人，名字好听，声音清纯
因为她来到这个世界上
不是为了生存，是为了一个故事
静悄悄，从她身上开始
她不需要整个世界，她只要一个人
看见她，念她的名字

我从女人那里来，我知道
我和女人之间
有一件最清白无邪的事
所以我看见一百个一千个女人美好地生长
只抱住其中一个，亲亲她，娶她为妻
这件事啊，如此浪漫
只想一想，就是幸福

一个少女的回答

曾　卓

不要向我夸耀你的才能
浅浅的溪流高声喧哗
而我爱大海——
那样辽阔而又深沉
不要向我急于倾吐你的感情
让你漂亮的言辞
投入时间的熔炉去燃烧
看看是砂石还是真金
一个古老而又常青的谜
如果有人问我什么是爱情
我将庄严地沉默
因为我太幼稚，也还年轻
我只知道那是一个神圣的字
说出它时，要有诚恳的心
而为了得到它
必须用烈焰焚冶自己的灵魂

女人花

李安修

我有花一朵
种在我心中
含苞待放意幽幽
朝朝与暮暮
我切切地等候
有心的人来入梦
女人花　摇曳在红尘中
女人花　随风轻轻摆动
只盼望　有一双温柔手
能抚慰　我内心的寂寞

我有花一朵
花香满枝头
谁来真心寻芳踪
花开不多时
啊堪折直须折
女人如花花似梦

我有花一朵
长在我心中
真情真爱无人懂
遍地的野草
已占满了山坡

孤芳自赏最心痛
女人花　摇曳在红尘中
女人花　随风轻轻摆动
只盼望　有一双温柔手
能抚慰　我内心的寂寞

女人花　摇曳在红尘中
女人花　随风轻轻摆动
若是你　闻过了花香浓
别问我　花儿是为谁红
爱过知情重
醉过知酒浓
花开花谢终是空
缘分不停留
像春风来又走
女人如花花似梦

惠安女子

舒　婷

野火在远方，远方
在你琥珀色的眼睛里

以古老部落的银饰
约束柔软的腰肢
幸福虽不可预期，但少女的梦
蒲公英一般徐徐落在海面上
啊，浪花无边无际

天生不爱倾诉苦难
并非苦难已经永远绝迹
当洞箫和琵琶在晚照中
唤醒普遍的忧伤
你把头巾一角轻轻咬在嘴里

这样优美地站在海天之间
令人忽略了：你的裸足
所踩过的碱滩和礁石
于是，在封面和插图中
你成为风景，成为传奇

独 白

翟永明

我，一个狂想，充满深渊的魅力
偶然被你诞生。泥土和天空
二者合一，你把我叫作女人
并强化了我的身体

我是软得像水的白色羽毛体
你把我捧在手上，我就容纳这个世界
穿着肉体凡胎，在阳光下
我是如此炫目，是你难以置信

我是最温柔最懂事的女人
看穿一切却愿分担一切
渴望一个冬天，一个巨大的黑夜
以心为界，我想握住你的手
但在你的面前我的姿态就是一种惨败

当你走时，我的痛苦
要把我的心从口中呕出
用爱杀死你，这是谁的禁忌？
太阳为全世界升起！我只为了你
以最仇恨的柔情蜜意贯注你全身
从脚至顶，我有我的方式

一片呼救声，灵魂也能伸出手?
大海作为我的血液就能把我
高举到落日脚下，有谁记得我?
但我所记得的，绝不仅仅是一生

致橡树

舒　婷

我如果爱你——
绝不像攀援的凌霄花，
借你的高枝炫耀自己；
我如果爱你——
绝不学痴情的鸟儿，
为绿荫重复单调的歌曲；
也不止像泉源，
常年送来清凉的慰藉；
也不止像险峰，
增加你的高度，衬托你的威仪。
甚至日光，
甚至春雨。
不，这些都还不够！
我必须是你近旁的一株木棉，
作为树的形象和你站在一起。
根，紧握在地下；
叶，相触在云里。
每一阵风过，
我们都互相致意，
但没有人，
听懂我们的言语。
你有你的铜枝铁干，
像刀，像剑，也像戟；

我有我红硕的花朵，
像沉重的叹息，
又像英勇的火炬。
我们分担寒潮、风雷、霹雳；
我们共享雾霭、流岚、虹霓。
仿佛永远分离，
却又终身相依。
这才是伟大的爱情，
坚贞就在这里：
爱——
不仅爱你伟岸的身躯，
也爱你坚持的位置，
足下的土地。

爱　情

王小妮

那个冷秋天啊

你的手
不能浸在冷水里
你的外衣
要夜夜由我来熨
我织也织不成的
白又厚的毛衣
奇迹般地赶出来
到了非它不穿的时刻

那个冷秋天啊
你要衣冠楚楚地做人
谈笑
使好人和坏人
同时不知所措
谈笑
我拖着你的手
插进每一个
有人的缝隙
我本是该生巨翅的鸟
此刻
却必须收拢肩膀

变一只巢
让那些不肯抬头的人
都看见
天空的沉重
让他们经历
心灵的萎缩
那冷得动人的秋天啊
那坚毅又严酷的
我与你之爱情

植树节

植树节为3月12日，是1979年2月23日第五届全国人大常务委员会第六次会议决定设立的，用以提高人们对森林爱护的认识，鼓励植树造林、改善生态环境，造福后代子孙。

母亲河，红领巾为你植树

王宜振

早春的寒流还在大地肆虐，
我们的心头早有暖风吹拂；
走出去吧，走出温暖的房间，
走出去吧，走出棉衣的包裹；
走向田畴，走向院落，走向街道，
走向河岸，走向山岭，走向大漠。
我们小小的身影闪在山川原野，
我们稚嫩的手臂伴着镐头起落；
我们愉快的歌儿在春风中飘荡，
我们晶亮的汗珠在丽日下闪烁。
母亲河，红领巾为你植树，
为你的明天披上秀美的绿色……

我们栽下一片片梧桐，
让它们每一片绿叶绽开春的笑靥；
我们栽下一行行垂柳，
让它们每一根枝条弹奏春的欢乐；
我们栽下一坡坡洋槐，
让它们洁白的花朵增添春的圣洁；
我们栽下一洼洼松树，
让它们如刺的针叶编织春的蓬勃。
我们栽下一片片林海把荒山绿化，
我们栽下一条条林带把风沙阻遏；

我们栽下一行行绿荫把城市装扮，
我们栽下一丛丛果林让生活欢悦；
栽下春光，栽下鸟语，栽下美好，
栽下明天，栽下幸福，栽下欢乐……

我们为鸟儿搭一个绿色舞台，
让所有的鸟儿在这里舒心地生活；
在阳光里穿梭，在绿叶间唱歌，
为每一个日子送去香甜的音乐。
我们为小动物建一个新的家园，
让所有的小动物生活得自由活泼；
在丛林里奔跑，在枝干上跳跃，
为我们的岁月注入生命的鲜活。
我们为幸福的日子输送新氧，
我们为可爱的家园涂上色彩；
我们为公园的老人送去芳香，
我们为年幼的儿童捧出蜜果。
我们为母亲河缝制漂亮的新衣，
为她的衣着缀上绿叶、花朵；
我们还母亲河一派青春的活力，
使她那原本明亮的眸子不会浑浊……

我们植树，把树苗植进荒山秃岭，
我们植树，把春天植进瀚海大漠；
我们植树，把绿荫植进百姓心头，
我们植树，把富裕植进家家院落。
再不许扣扳机的指头惊散春天的鸟语，
再不许拿锯斧的大手伸向荡漾的绿波；

再不许滚滚的风沙夺走我们美好的家园，
再不许咆哮的洪流吞噬我们田园屋舍。
母亲河，我们营造植被为了你的秀美，
母亲河，我们铺设新绿为了你的清澈；
母亲河，我们创造春色为了你的抒情，
母亲河，我们献上绿叶为了你的磅礴。
母亲河，我们看见你匆匆的脚步，
母亲河，我们听见你淙淙流响的欢歌……

我们植树，把青春植进树的年轮，
我们植树，把生命植进树的绿叶；
我们植树，把追求植进树的枝杈，
我们植树，把理想植进树的脉搏。
我们对每一个细胞轻轻地说：
快点儿变成绿叶、变成花朵、变成浆果，
献给我们的母亲河呀，
献给我们的祖国！
献给我们的祖国！

为植树栽花的岁月欢呼

徐　刚

我要为植树栽花的岁月欢呼，
我愿我的祖国是一个偌大的苗圃。
到处有辛勤的园丁，
为了养花育草而忙忙碌碌，
到处有精心的耕耘，
为了扶持栋梁而千辛万苦！
绿色的道路在每一片草叶上延伸
花朵的亮色在每一个心灵中飘拂……
衰老往往与落后为伍，
年青才是希望和富庶！
让全世界因为中国变得年青而瞩目，
让全世界因为我们生机旺盛而羡慕！
年青的肌体，
年青的眉目，
崭新的大厦，
需要年青的支柱；
年青的石子，
才能把高速公路修筑！
春雷呀，春风呀，
正催着我们赶快脱胎换骨……

我骄傲，我是一棵树（节选）

李　瑛

无论是红色的、黄色的、黑色的土壤，
我都将顽强地、热情地生活。

哪里有孩子的哭声，我便走去，
用柔嫩的枝条拥抱他们，
给他们一只只红艳艳的苹果；
哪里有老人在呻吟，我便走去，
拉着他们黄色的、黑色的、白色的多茧的手，
给他们温暖，使他们欢乐。
我愿摘下耀眼的星星，
给新婚的嫁娘，
做她们闪光的耳环；
我要挽住轻软的云霞，
给辛勤的母亲，
做她们擦汗的手帕。

雨雪纷飞——
我展开手臂覆盖他们的小屋，
做他们的伞，
使每个人都有宁静的梦；
月光如水——
我便弹响无弦琴，
抚慰他们劳动回来的疲倦的身子，

为他们唱歌。

我为他们抗击风沙，
我为他们抵御雷火。
我欢迎那样多的小虫——
小蜜蜂，小螳螂，小蝴蝶，
和我一起玩耍；
我拥抱那样多的小鸟——
长嘴的，长尾巴的，花羽毛的小鸟，
在我的肩头做巢。
我幻想：有一天，我能
流出奶，
流出蜜，
甚至流出香醇的酒，
并且能开出
各种色彩、各种形状、各种香味的
花朵；
而且我幻想：
我能生长在海上，
我能生长在空中，
或者生在不毛的
戈壁荒滩、瀚海沙漠……
既然那里有
粗糙的手，黝黑的背脊，闪光的汗珠，
我就该到那里去，
做他们的仆人，
我知道该怎样认识自己，
该怎样使他们愉快的生活、工作。

我相信：总有一天，
我将再也看不见——
饿得发蓝的眼睛，
抽泣时颤动的肩膀，
以及浮肿得变形的腿、脚和胳膊……

人民啊，如果我刹那间忘却了你，
我的心将枯萎，
像飘零的叶子，
在风中旋转着
沉落……

植树节

刘　磊

今天是树木的节日吗？
它们会在风中
抚掌，点头，微笑
向人类说出绿色的感激？

今天确实是
树木的节日吗？
人类确已放下斧子、锯
坐在一截截簇新的树桩上
陷入沉思

没有人回答
没有人对争抢着
捧出桃红柳绿的树木们
回报以一丝微笑
只有春回大地，草木暗滋
只有一柄冰凉的铁器
蘸着月色
打磨……

树

周梦蝶

等光与影都成为果子时，
你便怦然忆起昨日了。

那时你的颜貌比元夜还典丽，
雨雪不来，啄木鸟不来，
甚至连一丝无聊时可以折磨自己的
触须般的烦恼也没有。

是火？还是什么驱使你
冲破这地层？冷而硬的。
你听见不，你血管中循环着的呐喊？
“让我是一片叶吧！
让霜染红，让流水轻轻行过……”

于是一觉醒来便苍翠一片了！
雪飞之夜，你便听见冷冷
青鸟之鼓翼声。

大森林有个大神秘

曾　卓

踏着枯枝、落叶、青苔走进一个原始大森林
我的心轻轻战栗起来
——呵，走进了一个大神秘

高高树梢上流动的风声烘托出沉重的寂静
浓荫中漏下的闪闪烁烁的光点衬显出幽深的黑黝
参天的粗壮的大树
低矮的交错的小树
狰狞的怪石
野兽的足迹
偶尔一滴水珠落在头上

忽然一声巨鹰的长唳
……惊愕中，又陶醉于树木的气息，泥土的气息满目杂乱
又多么和谐
时间凝固
又处处充满生机
它古老而又年轻
经历过多少世纪
经历过多少风雪雷电
它永远屹立
我走着，不知道
是在走向原始还是走向未来

我站住，不敢走进

森林的海的漩涡深处

一切浮躁被洗净

一切哀乐被抛置

肃穆、宁静、庄严……种种感觉从胸中升起

我却难以表达

那使我的心战栗的大神秘

清明节

清明节是我国农历二十四节气中的第五个，既是节气，又是节日。一般在每年的 4 月 4 日至 6 日。清明节是一个祭祖和扫墓的传统节日，另外清明节又叫踏青节，人们在这一天春游踏青，并开展放风筝等一系列活动。

清明，献上我的祭诗

姚振函

清明，献上我的祭诗：
记得你们最后一瞬含恨的眼神
给后人留下一道严峻的试题。
是的，死亡是痛苦的，
但却是最好的老师；
鲜血是可怕的，
但能写出两个永不褪色的字：警惕！

清明，献上我的祭诗：
不是廉价的宽慰，
不是尽人皆知的消息。
披着春天的暖融融的阳光，
温习我带血的记忆——半是追思长眠的死者，
半是祝福未来的孩子。

清 明

郑愁予

我醉着，静的夜，流于我体内
容我掩耳之际，那奥秘在我体内回响
有花香，沁出我的肌肤
这是至美的一刹，我接受膜拜
接受千家飞幡的祭典

星辰成串地下垂，激起厝间的溢酒
雾凝看，冷若祈祷的眸子
许多许多眸子，在我的发上流瞬
我要回归，梳理满身满身的植物
我已回归，我本是仰卧的青山一列

甲子祭母亲

羊令野

仿佛戎服穿成了布衣
布衣穿成了襁褓
此刻躺在六十余年前
你以细柔的亮丽的儿歌编织的摇篮里
梦就像流水回荡着一条迷茫的乡路

三月的杜鹃啼着　开着
贫瘠而荒芜的墓地上
冰雪溶泻你一生的泪水
唤不回一个人世的春天
偶尔有云飞过你仰望的天空
莫非要让冷冽的风
裁剪一袭游子来舞的缤纷彩衣

尘封的妆镜里
依稀隐现你昔日的容颜
莲花样开落着
你以仁慈的双手和一颗悲苦的心
在历史的灰烬上
刺绣着自己的肖像

有的人

——纪念鲁迅有感

臧克家

有的人活着
他已经死了；
有的人死了
他还活着。

有的人
骑在人民头上："呵，我多伟大！"
有的人
俯下身子给人民当牛马。

有的人
把名字刻入石头想"不朽"；
有的人
情愿作野草，等着地下的火烧。

有的人
他活着别人就不能活；
有的人
他活着为了多数人更好地活。

骑在人民头上的，
人民把他摔垮；

给人民作牛马的，
人民永远记住他！

把名字刻入石头的，
名字比尸首烂得更早；
只要春风吹到的地方，
到处是青青的野草。

他活着别人就不能活的人，
他的下场可以看到；
他活着为了多数人更好地活着的人，
群众把他抬举得很高，很高。

热爱生命

食　指

也许我瘦弱的身躯像攀附的葛藤，
把握不住自己命运的前程，
那请在凄风苦雨中听我的声音，
仍在反复地低语：热爱生命。

也许经过人生激烈的搏斗后，
我死得比那湖水还要平静。
那请去墓地寻找我的碑文，
上面仍会刻着：热爱生命。

我下决心：用痛苦来做砝码，
我有信心：以人生作为天平，
我要称出一个人生命的价值，
要后代以我为榜样：热爱生命。

的确，我十分珍惜属于我的
那条弯弯曲曲的荒草野径，
正是通过这条曲折的小路，
我才认识到如此艰辛的人生。

我流浪儿般地赤着双脚走来，
深感到途程上顽石棱角的坚硬，
再加上那一丛丛拦路的荆棘，

使我每一步都留下一道血痕。

我乞丐似的光着脊背走去，
深知道冬天风雪中的饥饿寒冷，
和夏天毒日头烈火一般的灼热，
这使我百倍地珍惜每一丝温情。

但我有着向命运挑战的个性，
虽是屡经挫败，我决不轻从。
我能顽强地活着，活到现在，
就在于：相信未来，热爱生命。

清明，找一个好天气

张菱儿

清明，找一个好天气
背上简单的行囊
逃离这座臃肿的城市
搜索一个安静的好地方

不想坐飞机
不想乘高铁
只选择一辆巴士
一站一停地慢慢摇晃

微风轻轻地吹
河水静静地荡漾
窗外不知名的花儿
一路都在绽放

乘坐蜗牛一样的日子
欣赏一路风光
天空蓝得像个梦
阳光暖得像块奶糖……

劳动节

劳动节为 5 月 1 日，又称五一国际劳动节、五一节。源于美国芝加哥。1886 年 5 月 1 日，芝加哥的二十多万工人为争取实行八小时工作制而举行大罢工并获得了胜利。为了纪念这次工人运动，1889 年 7 月 14 日，在法国巴黎举行的各国马克思主义者参加的社会主义者代表大会将 5 月 1 日定为国际无产阶级的共同节日，1949 年 12 月，新中国政务院将五一定为我国全体人民的节日。

给土地和牛拉拉话

贺敬之

一

土地啊，
我要给你拉拉话！
我知道你不聋也不哑，
我的话儿你可都解下？

喂！叫那东边的雨来打，
叫那西边的风来刮。
汗珠珠流来泪珠珠洒，
过去的光景莫提它。

过去的光景莫提它，
汗珠珠流来泪珠珠洒，
土地，你翻个身儿盖上它。

土地啊，
迩刻你是我的啦，
我的话儿你可都解下？

我爱你像爱我妈，
我爱你又像爱我娃！
土地，你还在睡着啦，

土地，醒醒吧，醒醒吧！

你要多给我长些芽，
你要多给我开些花。
你伸手儿推开雪做的白绫被，
土地，醒醒吧，
你可知道冬天快完啦。

土地啊，
我要给你拉拉话，
我知道你不聋又不哑，
我的话儿你可都解下？

二

我的牛啊，
我要给你拉拉话，
我知道你不聋也不哑，
我的话儿你可都解下？

喂？你的前脚向上抬，
你的后脚往下踏。
这天又蓝来云又白，
我们那好太阳在空中挂。

我们那好太阳在空中挂。
不要嫌犁重来不要嫌耙压，
我的牛为了土地你才架起它。

我的牛啊，
迩刻你是我的啦，
我的话儿你可都解下？

我爱你像爱我的亲兄弟，
我爱你又像爱我娃。
我的牛，不能停下，
我的牛，还要走啊，还要走啊。

你要多给我出点力，
你要多把汗珠珠洒。
我跟你把新鲜的种子来撒下，
我的牛，还要走啊，
你可知道春天来到我们这边啦。

我的牛啊，
我要给你拉拉话，
我知道你不聋又不哑，
我的话儿你可都解下？

咱们工人有力量

马　可

咱们工人有力量，
嘿！咱们工人有力量！
每天每日工作忙，
嘿！每天每日工作忙，
盖成了高楼大厦，
修起了铁路煤矿，
改造得世界变呀么变了样！
嘿！
发动了机器轰隆隆响，
举起了铁锤响叮当！
造成了犁锄好生产，
造成了枪炮送前方！
哎嘿哎嘿 嘿呀！
咱们的脸上发红光，
咱们的汗珠往下淌！
为什么？为了求解放！
为什么？为了求解放！
哎！嘿！哎！嘿！
为了咱全中国彻底解放！

风中的劳动

白庆国

她在风中劳动
风很大
风吹得她的褂子
上下飞舞
她的白发已经乱了
她始终弯着腰
一只手挨着地
另一只手挥舞小锄
挨着地的那只手里握着种子
有时站起身子
风太大了
她站不稳
风向前推她
为了保持平衡
她不得不向前迈出一步
而后 在风中咬着牙
把迈出的一步收回来
因为是在劳动
那多余的一步
必须用删除键把它毁掉
这是劳动中必须遵守的秩序
如此反复三五次 一下午
风太大了

把灰尘吹到了空中
她的身影就变得模糊
但还是劳动的姿势
只是她的灰布褂子
在风中翻飞得更凶猛
她的白发有一缕竖了起来
母亲　啊
我情不自禁地
脱口而出

劳　动

南　野

我是工人，我在劳动
我使用石块，后来是铜，和铁
是机器，制造机器的机器

钢铁无比沉重，比肌肉与骨骼
重。我所操作的就是
钢铁，沉重的钢铁
与巨大的响声
在这当中，我必定是学会了
沉默，不出声，咬紧牙关

沉默。钢铁就是沉默
响声是沉默与沉默的相撞
我沉默，我在劳动
我用力地锤击着
钢铁，弯曲，与折断着
钢铁

我在劳动，在一部机器旁边
机器轰鸣不已
我开始注意动力
注意改变一下劳动的方式

同时，学习着沉默，让臂上肌肉
发达，让目光
沉着，心
平稳，不颤抖

劳动对我很合适，我想
我已经在一部机器旁边，制造
劳动的机器，与
劳动

劳动最光荣

金近　夏白

太阳光金亮亮，
雄鸡唱三唱。
花儿醒来了，鸟儿忙梳妆。
小喜鹊造新房，
小蜜蜂采蜜糖，
幸福的生活从哪里来？
要靠劳动来创造！

青青的叶儿红红的花，
小蝴蝶贪玩耍。
不爱劳动不学习，
我们大家不学它。
要学喜鹊造新房，
要学蜜蜂采蜜糖，
劳动的快乐说不尽，
劳动的创造最光荣！

劳动者最美

宋青松

多少人感叹彩虹的绚烂
多少人羡慕鲜花的娇媚
然而
虹的多彩将随风消散
花的娇艳也渐渐枯萎
唯有劳动者创造的世界异彩纷呈
唯有劳动者留下的业绩壮丽雄伟
劳动者最美
劳动者最美

劳动者最美
我匍匐而行的祖先
因为劳动才仰起了头颅
因为劳动才挺直了脊背
劳动创造了人
有了劳动
才有了这万物之灵的人类

劳动者最美
我刀耕火种的前贤
因为劳动才懂了生存发展
因为劳动才有了力量智慧
劳动改变了人

有了劳动
才有了这多姿多彩的文明社会

劳动者最美
我那勤劳的父亲
一辈子都在与机床为伴
从没有说过一句劳累
他像艺术家一样
精雕细刻着自己的产品
我分明看到那一件件钢铁的元件
因为他的劳动增色生辉

劳动者最美
我那慈祥的母亲
是一个普通的挡车工
当年创下了万米无次布的纪录
而今年她虽年过古稀
提起戴上大红花的时刻
她满是皱纹的脸上
那亲亲的笑胜过了所有花蕊

劳动者最美啊
劳动者最美
我的工人大哥
无论是在大厂小厂
都倍加珍惜劳动的岗位
以如此丰富的物品
让我们的生活变得多姿多彩

有滋有味……

劳动者最美啊
劳动者最美
我乡下来的农民工兄弟
走在大街上略显有些卑微
可他们盖起的一座座大厦
是这么壮观雄伟

劳动者最美啊
劳动者最美
还有我那当人民教师的大姐
还有我那做白衣天使的小妹
她们把人类的文明传播
她们把我们的健康护卫
那些劳动的身影就像花在开　像蝶在飞
像一切美好的事物让人心醉

劳动者最美啊
劳动者最美
还有传统产业的老师傅
还有新兴 IT 行业的小字辈
无论体力劳动还是脑力劳动
无论你献出的是汗水还是智慧
有你的劳动才有这祖国腾飞
有你的劳动才有这江山壮美

劳动者最美啊

劳动者最美
劳动了我们才觉得无悔
劳动着我们才感到无愧
劳动是我们生命存在的价值
劳动是我们心灵最大的快慰

劳动者最美啊
劳动者最美
功名总会成空
利禄也会发霉
人情总有冷暖
心境也有喜悲
只有劳动与快乐结伴
只有劳动和幸福相随

尊重劳动吧
我的先师　我的晚辈
热爱劳动吧
我的兄弟　我的姐妹

天地之间是劳动者的世界
浩浩乾坤是劳动者的丰碑
劳动者最美啊
劳动者最美

青年节

青年节为5月4日，又称五四青年节，是为纪念1919年5月4日发生在北京的以青年学生为主的爱国运动而设立的。1939年，陕甘宁边区西北青年救国联合会规定5月4日为中国青年节，1949年12月23日，政务院正式规定5月4日为中国青年节。

青春万岁

王　蒙

所有的日子，所有的日子都来吧，
让我编织你们，用青春的金线
和幸福的璎珞，编织你们。
有那小船上的歌笑，月下校园的欢舞，
细雨蒙蒙里踏青，初雪的早晨行军，
还有热烈的争论，跃动的、温暖的心……
是转眼过去了的日子，也是充满遐想的日子，
纷纷的心愿迷离，像春天的雨，
我们有时间，有力量，有燃烧的信念，
我们渴望生活，渴望在天上飞。
是单纯的日子，也是多变的日子，
浩大的世界，样样叫我们好惊奇，
从来都兴高采烈，从来不淡漠，
眼泪，欢笑，深思，全是第一次。
所有的日子都去吧，都去吧，
在生活中我快乐地向前，
多沉重的担子我不会发软，
多严峻的战斗我不会丢脸；
有一天，擦完了枪，擦完了机器，擦完了汗，
我想念你们，招呼你们，
并且怀着骄傲，注视你们。

我想谈说种种纯洁的事情

何其芳

我想谈说种种纯洁的事情
我想起了我最早的朋友，最早的爱情。

地上有花，天上有星星
人有着心灵
我知道没有什么东西能够永远坚固
在自然的运行中一切消逝如朝露
但那些发过光的东西是如此珍贵
在它们自己的光辉里我获得了永恒。

我曾经和最早的朋友一起坐在草地上读着书籍
一起在星空下走着，谈着我们的未来
对于贫穷的孩子它们是那样富足
我又曾沉默地爱着一个女孩子
我是那么喜欢地为她做着许多小事情
没有回答，甚至没有察觉
我的爱情已经和十五晚上的月亮一样完满
呵，时间的灰尘遮盖了我的心灵
我太久太久没有想起过他们。

我最早的朋友早已离开了我
我最早的爱人早已做了母亲
我也不再是个少年人

但自然并没有因为我而停止它的运行
世界上仍然到处有着青春
到处有着刚开放的心灵
年轻的朋友们，我们一起到野外去吧
在那柔和的蓝色天空之下
我想对你们谈说种种纯洁的事情。

青　春

席慕蓉

所有的结局都已写好
所有的泪水也都已启程
却忽然忘了是怎么样的一个开始
在那个古老的不再回来的夏日
无论我如何地去追索
年轻的你只如云影掠过
而你微笑的面容极浅极淡
逐渐隐没在日落后的群岚
遂翻开那发黄的扉页
命运将它装订得极为拙劣
含着泪我一读再读
却不得不承认
青春是一本太仓促的书

向青春告别

食　指

别了，青春
那通宵达旦的狂饮

如今打开泡药材的酒瓶
小心地斟满八钱的酒盅
然后一点一滴地品味着
稍稍带些苦味的人生

别了，青春
那争论时喷吐的烟云

依然是一支接一支地点燃
很快地度过漫长的一天
不同在，愿意守着片宁静
虽说孤独，却也轻松

别了，青春
那骄阳下、暴雨中的我们

七分的聪明被用于圆滑的处世
终于导致名利奸污了童贞
挣到了舒适却觉得少了点什么
是因为，丧失了灵魂，别了，青春。

结局或开始

——献给遇罗克

北　岛

我，站在这里
代替另一个被杀害的人
为了每当太阳升起
让沉重的影子像道路
穿过整个国土

悲哀的雾
覆盖着补丁般错落的屋顶
在房子与房子之间
烟囱喷吐着灰烬般的人群
温暖从明亮的树梢吹散
逗留在贫困的烟头上
一只只疲倦的手中
升起低沉的乌云

以太阳的名义
黑暗在公开地掠夺
沉默依然是东方的故事
人民在古老的壁画上
默默地永生
默默地死去

呵，我的土地
你为什么不再歌唱
难道连黄河纤夫的绳索
也像绷断的琴弦
不再发出鸣响
难道时间这面晦暗的镜子
也永远背对着你
只留下星星和浮云

我寻找着你
在一次次梦中
一个个多雾的夜里或早晨
我寻找春天和苹果树
蜜蜂牵动的一缕缕微风
我寻找海岸的潮汐
浪峰上的阳光变成鸥群
我寻找砌在墙里的传说
你和我被遗忘的姓名

如果鲜血会使你肥沃
明天的枝头上
成熟的果实
会留下我的颜色

必须承认
在死亡白色的寒光中
我，战栗了
谁愿意做陨石

或受难者冰冷的塑像
看着不熄的青春之火
在别人的手中传递
即使鸽子落在肩上
也感不到体温和呼吸
它们梳理一番羽毛
又匆匆飞去

我是人
我需要爱
我渴望在情人的眼睛里
度过每个宁静的黄昏
在摇篮的晃动中
等待着儿子第一声呼唤
在草地和落叶上
在每一道真挚的目光上
我写下生活的诗
这普普通通的愿望
如今成了做人的全部代价

一生中
我曾多次撒谎
却始终诚实地遵守着
一个儿时的诺言
因此，那与孩子的心
不能相容的世界
再也没有饶恕过我

我，站在这里
代替另一个被杀害的人
没有别的选择
在我倒下的地方
将会有另一个人站起
我的肩上是风
风上是闪烁的星群

也许有一天
太阳变成了萎缩的花环
垂放在
每一个不屈的战士
森林般生长的墓碑前
乌鸦，这夜的碎片
纷纷扬扬

风流歌（节选）

纪 宇

什么是风流

风流哟，风流，什么是风流？
我心中的情丝像三春的绿柳；

风流哟，风流，谁不爱风流？
我思索的果实像仲秋的石榴。

我是一个人，有肉，有血，
我有一颗心，会喜，会愁；

我要人的尊严，要心的颖秀，
不愿像丑类一般鼠窃狗偷！

我爱松的高洁，爱兰的清幽，
决不学苍蝇一样追腥逐臭；

我希望生活过得轰轰烈烈，
我期待事业终能有所成就。

我年轻，旺盛的精力像风在吼，
我热情，澎湃的生命似水在流。

风流呵，该怎样把你理解？
风流呵，我发誓将你追求；

清晨——我询问朝阳，
夜晚——我凝视北斗……

遐想时，我变成一只彩蝶：
“呵，风流莫非指在春光里嬉游？”

朦胧中，我化为一只蜜蜂：
“呵，风流好似是在花丛中奔走。”

我飘忽的思潮汇成大海，
大海说：“风流是浪上一只白鸥。”

我幻想的羽翼飞向明月，
明月说：“风流是花下一壶美酒。”

于是，我做了一个有趣的梦，
梦见人生中的许多朋友——

他们都来回答我的问题，
争辩着，在八十年代谁最风流。

理想说：“风流和成功并肩携手。”
青春说：“风流与品貌不离左右。”

友谊说：“风流是合欢花蕊的柱头。”

爱情说："风流是并蒂莲下的嫩藕。"

道德说："风流是我心田的庄稼。"
时代说："风流是我脑海的金秋"……

风流哟，风流，请你回答：
这样的理解是不是浅陋？

风流哟，风流，请你开口：
你有没有不变的标准让我恪守？

真正的风流

这才叫风流，这才叫风流，
敢于和残酷的命运殊死搏斗！

这才叫风流，这才叫风流，
在历史的长河上驾时代飞舟！

在枪口下揭穿造神者的阴谋，
把一腔滚烫的血洒在荒丘；

在棍棒下祭奠好总理的英灵，
让无数朵洁白的花开在胸口！

把祖国请到世界体坛的领奖台上，
让她听一听国歌的鸣奏；

把红旗插在珠穆朗玛的最高峰，
让她摸一摸蓝天的额头！

在地雷密布的山口请战：“让我先走”，
在完成任务撤退时高喊：“我来断后”！

性能还不稳的新歼击机，我去试飞，
烟云尚未散的核试验场，我去研究。

像雷锋那样热爱平凡的工作岗位，
不管到哪里，都是一台车头；

像焦裕禄那样关心百姓的柴米盐油，
纵然是死了，也要浩气长留！

数风流人物，还看今朝，
今朝，就是实现理想的战斗——

炉前激战，酿一炉红酒，
遥举金杯，为祖国祝寿；

海上疾驶，抖一条白绸，
浪献哈达，赠四海五洲。

在西德考博士学位，对答如流，
一片绿叶舒展，预示金秋；

去美国作旅行讲学，切磋研究，

一枝红杏出墙，满园抖擞……

竞芳争艳呵，是花的风流，
傲雪凌霜呵，是松的风流；

北斗的风流是指示方向，
卫星的风流是环绕地球。

我们是人，钟天地之灵秀，
我们风流似天长地久；

我们干的是各行各业，
我们对风流却有共同的追求：

“一口清”，是查号话务员的风流，
“一刀准”，是肉店售货员的风流；

“神刀手”，是女修脚工的风流，
“描春人”，是清洁队员的风流……

我们要让服装和心灵同样美丽，
我们应使物质和精神同样富有！

从劳动中提取欢乐作为报酬，
从奋斗中夺来胜利当成享受。

呵，每一桑无法解释的现象，
都可能是一门新兴学科的入口；

每一项成绩都靠汗水浇就，
每一个问号都可能“曲径通幽”！

劳动、创造、进步——无止无休！
爱真、爱善、爱美——不折不扣！

这是真风流哟，这是真风流，
把时代的彩笔紧握在手。

绘四化之图，建幸福之楼，
在九百六十万平方公里土地上铺锦叠绣！

让人民说：他们受过挫折，摔过跟斗，
可他们把时代的使命担上了肩头；

让历史说：他们善于思索，敢于战斗，
不愧是中华民族的一代风流……

1980年4月28日晨于青岛

无怨的青春

席慕蓉

在年青的时候
如果你爱上了一个人
请你一定要温柔地对待她
不管你们相爱的时间有多长或多短
若你们能始终温柔地相待　那么
所有的时刻都将是一种无暇的美丽
若不得不分离
也要好好地说一声再见
也要在心里存着感谢
感谢她给了你一份记忆
长大了之后你才会知道
在蓦然回首的一刹那
没有怨恨的青春才会了无遗憾
如山岗上那静静的晚月

护士节

医师节

护士节为5月12日，又称国际护士节。为纪念近代护理学和护理教育的创始人、英国护士弗洛伦斯·南丁格尔（1820—1910，又被赞美为提灯女神），国际护士理事会于1912年将南丁格尔的生日5月12日定为国际护士节。

中国医师节是经国务院同意设立的卫生与健康工作者的节日，时间为每年的8月19日。该节日激励广大卫生与健康工作者大力弘扬“敬佑生命、救死扶伤、甘于奉献、大爱无疆”的崇高精神，进一步推动全社会形成尊医重卫的良好氛围，加快推进健康中国战略深入实施。

赞美所见

冰　心

假如古人曾为全美的体模，
赞美造物，
我就愿为你的容光膜拜。

你——
樱唇上含蕴着天下的温柔，
眼波中凝聚着人间的智慧。
倘若是那夜我在星光中独泛，
你羽衣蹁跹，
飞到我的舟旁——
倘若是那晚我在枫林中独步，
你神光离合
临到我的身畔！

我只有合掌低头，
不能惊叹，
因你本是个女神
本是个天人……

如今哪堪你以神仙的丰姿，
寄托在一般的血肉之躯。
俨然的，
和我对坐在银灯之下！

我默然瞻仰，
隐然生慕，
慨然兴嗟，
嗟呼，粲者！
我因你赞美了万能的上帝，
嗟呼，粲者！
你引导我步步归向于信仰的天家。

我默然瞻仰，
隐然生慕，
慨然兴嗟，
嗟呼，粲者！
你只须转那双深澈智慧的眼光下望，
看萧萧落叶遍天涯，
明年春至，
还有新绿在故枝上萌芽，
嗟呼，粲者！
青春过了，
你知道你不如他！

樱唇眼波，终是梦痕，
温柔智慧中，愿你永存，
阿们！

说明：本诗出自《寄小读者·二五》，原文并非专为护士而写，但因其内容，后来常常被借用来作为护士的赞美诗而朗诵。

天使之歌

——寄给一位护士

洪　烛

一

也许，你曾经是我童年的同桌
只不过长大了，我认不出你了。你把长发
塞进帽子里面，戴上白口罩，穿上白大褂
下意识地看看手表：用了五分钟，还是十年？

也许，你曾经跟我搭乘过
同一辆公共汽车，经过同一条街道
甚至可能就住在我家对面，拉着漂亮的窗帘
但那只是日常生活中的你。含而不露的
是你的另一面……

在无数个也许之后，现实与神话接壤
你超越了自己，获得另外的身份
有人说你是天使一样的少女，有人说你
是少女一样的天使。这都是
很恰当的比喻，至少我这么认为！

天堂散发着来苏水的味道。刷成绿色的长椅
坐满焦灼不安的乘客，想知道
下一站是哪里？他们需要药物，更需要

信仰一些什么，而你适时地出现了
神秘的面部被白云遮掩，只有眼睛
是不可忽略的，构成雪景中最热烈的部分

红十字是你的星座，也是我的吉祥物
听诊器，探测着遥远的大海的脉搏，你还
额外安慰了别人的灵魂。“灵魂不会生病的”
“我的心跳动得是否比平常要快一些？”
你不用惊慌，那是我自己造成的
是我的想象，加快了速度

“看见了一位圣女，被重重的光荣包围
使得我朝天的游魂
急忙注视……”这不是我的诗句
是《神曲》的作者写下的。贝亚特里齐
作为美的化身，引导着地狱里迷路的但丁

二

药水棉花般的白云，一团一团的
刚刚擦拭过闪电的伤口
我闻到淡淡的碘酒的气息，你特有的气息
哦，闪电不疼了！
你改变了我的偏见。看来天使
不见得都是长翅膀的

不，也许你确实有一对梦想的翅膀
（亲手用棒针和毛线编织而成）

只不过醒来后藏起来了。你小心翼翼地
把它折叠在喷香的枕头下面

毛衣刚织到一半，翅膀还未完全长成
你就要飞了。“天空已布满荆棘”，一个声音
在问：“你怕吗？”“我也怕，但还有比怕
更重要的事情。”你手持一根
彩虹的注射器——它逐渐变得透明

三

“那位挎着急救包的护士，在敌机的轰炸中
抢救伤员，最终牺牲了自己……”
朝鲜电影《一个护士的日记》，感动过我
你说你也看过。你一直觉得：那是最美的女人

和平年代，没有空袭，但警报声
又响起了。你代替剧中人出现，像是
她的复活

你起床了，顺手合拢昨天夜里
翻开的日记本，每一天都悲壮得
像是最后一页。你已做好了
无法再继续写下去的准备。在一部老电影
结束的地方，你出发了，戴上白帽子、白口罩
穿上白大褂，如同一个美丽的外星人
沿着洒满阳光的长廊，去解开
手术室里的悬念

是的，就在这时候，我看见你的
我看见了真正的你，正以与年龄或性别
不相称的勇敢，走向一片危险的开阔地

“在落叶与鲜花之间，我肯定站在
鲜花一边。在死亡与生命之间，我肯定
站在生命一边。在魔鬼与天使之间
我肯定站在天使一边……”这就是我的态度
我还想跟你说的是：“当你跟黑夜搏斗的时候
放心吧，我肯定站在你这边！”

给小芳护士

亢淑娉

下车后
你向医院走去
单薄的背影
衬宽了马路

可爱的伙伴
我就在你身后，远远的
想挽起你的手

跟你在一起
日子是快乐的
明朗的笑脸
轻快的脚步
如天晴的冬日
如手握伞柄走在仲夏的雨里

曾几何时
你那样无端地流泪
想起来
就感觉有寒风暗袭
不断更换的目光常年围绕你
不更换的
是目光里那深切的祈盼

温柔的伙伴
你疲惫吗

记得有一次
你坐在石凳上
清澈的目光望着云
安恬的微笑如静谧的青空
你说
不走了
要这样坐着
一直坐下去
就像仙人坐在云端里

医院像公园一样

林典铇

我相信 医院是一个特别
磨炼人的地方
我渴望好好地生一场病：

如今的医院都布置得和
公园一样，在鹅卵石小径上
护士无法掩饰青春的喜悦

白玉兰的暗香从窗户
飘进洁白的病房
我安静地躺在简单的床上
轻闭双眼，护士正捏着细微的针
在我的身上寻找爱的缺口

三月已接近尾声
我还没任何病的预兆
芳菲迟早会凋谢
我担心自己会患上另一种
永远无法治愈的病

爱 能

高 昌

能从指尖源源不断地
喷出火焰和芳香
能点燃一寸寸的岁月
能爆破
石头般坚硬的忧伤

能让沉默的键盘
都开出花朵来
能从唇边吐出
礼花一样灿烂的光芒
能把时间变成醇美的酒
渐渐地透明　渐渐地沉醉　渐渐地清凉

啊
生命其实很脆弱
但是爱　很顽强

爱就像道路一样
即使被厄运踩在脚下
翅膀却依然伸向远方

爱就像细密的针脚
总想缝住那些破碎的梦想

爱就像雪亮的刀锋
总想割断所有痛苦和癫狂

爱就像一朵沉重的云彩
在寂寞的苍穹中徜徉
它眼中含着清澈的泪水
背上负着甜蜜的太阳

爱的手臂从不消歇
总是忙着……忙着
拦挡一切风雨和冰霜

爱把春天围在怀里
呵护着每一处细微的创伤
让花儿全都露出微笑
飘散出内心所有的芬芳

口罩后面的美

——向医务工作者致敬

曲　波

你那柳叶的眉，弯着岁月静美，
一双清澈的眼睛，闪耀圣洁光辉。
你那青山的眉，洒下阳光明媚，
一双明亮的眼睛，闪耀仁爱无畏。

也想儿女依偎，也恋爱人伴陪，
告别从不会皱眉，重逢也会流泪。
也常感到疲惫，也有委屈心碎，
脆弱从未曾崩溃，初心始终无悔。

口罩后面的美，我不知道你是谁，
面对病魔不后退，身后是兄弟姐妹。
口罩后面的美，我知道为了谁，
天使真情最珍贵，苍生心中树丰碑。

口罩后面的美，我不知道你是谁，
冲破死神的包围，人间又笑扬歌飞。
口罩后面的美，我知道为了谁，
感恩的人最敬佩，苍生心中树丰碑。

白色外套下有你

——致敬抗击冠状病毒前沿的医护工作者

海　虹

不知道要用什么样的文字
才能堆码出你坚定的背影
虽然有的高大
有的纤细
单调的白色外套
仍把新年的万紫千红引领

不知道要用什么样的笔墨
才能续写中国前进路上的沟沟坎坎且生生不息
和平年代发展的祖国啊
总伴有乌云突变风雨来袭
幸运每次都有无畏的战士
走向战场的前沿
把危险阻断隔离

身穿白色战袍的你
中国医生
就是这场病毒防疫战争的主力
放下父母的拥抱
放下孩子的双臂
放下新年团聚的温馨
去靠近那一双双期盼的眼睛

去托起那排山倒海的压力
因为你知道
生命大于一切
生死面前没有个人利益
父子同上阵
夫妻共请缨
你要跟随集结号
奔赴最危险的中心
这早已不是传奇
只是你平凡生活的演绎

你
庄重地穿起白色外衣
神圣让你没有豪言壮语
只让脚下的步伐更加坚定
夜
所有的中国人都听到了新年的钟声
所有的中国人都在致敬逆行的身影
所有的中国人都在等待春的来临
所有的中国人都明白
季节不论怎么更替
中国医生
你注定是祖国新年的第一场春雨

儿童节

儿童节为6月1日，又称六一儿童节、六一节、国际儿童节，是全世界少年儿童的节日。1949年11月，国际民主妇女联合会在莫斯科举行理事会议，决定为了保障世界各国儿童的生存权、保健权和受教育权，为了改善儿童的生活，以每年的6月1日为国际儿童节。

雨　后

冰　心

嫩绿的树梢闪着金光，
广场上成了一片海洋！
水里一群赤脚的孩子，
快乐得好像神仙一样。
小哥哥使劲地踩着水，
把水花儿溅起多高。
他喊："妹，小心，滑！"
说着自己就滑了一跤！
他拍拍水淋淋的泥裤子，
嘴里说："糟糕——糟糕！"
而他通红欢喜的脸上，
却发射出兴奋和骄傲。
小妹妹撅着两条短粗的小辫，
紧紧地跟在这泥裤子后面，
她咬着唇儿，
提着裙儿，
轻轻地小心地跑，
心里却希望自己
也摔这么痛快的一跤！

回　声

金　波

这绿色的山谷多么好，
有这么多红的花，绿的草，
还有满山的果树，
结着鸭梨、苹果和蜜桃。
这里还有一位小伙伴，
他整天在山谷里奔跑，
多少次我想见他一面，
只因山深林密找不到。
可是我唱山歌，
他也跟着唱山歌；
我吹口哨，
他也跟着吹口哨。
他还爱学那小鸟吱吱地唱，
爱学那羊羔咩咩地叫，
夜晚学那泉水哗啷啷摇铃，
清晨学那金鸡打鸣儿报晓。
如今他不再学那
爷爷小时候饥饿的哭声，
兵荒马乱的枪声，
和那深夜的狼嗥。
他每天跟我学：
辛福的歌，爽朗的笑；
我们一唱一和的声音，

整天在山谷里飘。

如果你想知道他的名字，

你就向群山问一句：

“叫你‘回声’好不好？”

他准会答应一句——“好！”

早　晨

路　翎

小鱼从小河里跳过田坎落进稻田，
两边艾草和马齿苋的小路通向学校；
早晨的露珠，最早飞出来的麻雀，
早晨的太阳，较迟跳过田坎的山鸡，
早晨的风，麦田里飞起野鸽子。
早晨的坡边的野山楂，红黄色的酸的果实，
早晨的炊烟、笔直和歪斜，
新盖的两层楼房的小学的预备钟声。

早晨的洁净的天，
跳过田坎，跑过山坡的小学生……

小学生的朝歌起来，
嘹亮的、
甜畅的、
激昂和渴望的、
满足的、
飘荡于早晨的风中，
生活的初欢，
撞击着，
和闯进社会的各个门与窗。

有一些狂飚起来，

有一些激流的源头，
有一些歌声有啸吼，
有一些是早年的抒情和戏剧。

村庄里矗立着新盖的楼房和新油漆的房屋，
早晨的电台广播里有李谷一的女高音歌声；
山鸡再跳到田坎上，
野薄荷上的露珠在凝神静听着；
小鱼再跳回河里，
小学校的朝歌又继续一下，
闯进社会的各个门和窗。

有一些激情起来，
有一些小的溪流汇向大海：
歌唱里有对前辈人的辛苦的安慰，
有一些早年的诗情和誓言。

1984 年 6 月 1 日为儿童节而作

我是一个任性的孩子

顾　城

也许
我是被妈妈宠坏的孩子
我任性

我希望
每一个时刻
都像彩色蜡笔那样美丽
我希望
能在心爱的白纸上画画
画出笨拙的自由
画下一只永远不会
流泪的眼睛
一片天空
一片属于天空的羽毛和树叶
一个淡绿的夜晚和苹果

我想画下早晨
画下露水
所能看见的微笑
画下所有最年轻的
没有痛苦的爱情
她没有见过阴云
她的眼睛是晴空的颜色

她永远看着我
永远，看着
绝不会忽然掉过头去

我想画下遥远的风景
画下清晰的地平线和水波
画下许许多多快乐的小河
画下丘陵——
长满淡淡的绒毛
我让它们挨得很近
让它们相爱
让每一个默许
每一阵静静的春天悸动
都成为一朵小花的生日

我还想画下未来
我没见过她，也不可能
但知道她很美
我画下她秋天的风衣
画下那些燃烧的烛火和枫叶
画下许多因为爱她
而熄灭的心
画下婚礼
画下一个个早早醒来的节日——
上面贴着玻璃糖纸
和北方童话的插图

我是一个任性的孩子

我想擦去一切不幸
我想在大地上
画满窗子
让所有习惯黑暗的眼睛
都习惯光明
我想画下风
画下一架比一架更高大的山岭
画下来东方民族的渴望
画下大海——
无边无际愉快的声音

最后，在纸角上
我还想画下自己
画下一只树熊
他坐在维多利亚深色的丛林里
坐在安安静静的树枝上
发愣
他没有家
没有一颗留在远处的心
他只有，许许多多
浆果一样的梦
和很大很大的眼睛

我在希望
在想
但不知为什么
我没有领到蜡笔
没有得到一个彩色的时刻

我只有我
我的手指和创痛
只有撕碎那一张张
心爱的白纸
让它们去寻找蝴蝶
让它们从今天消失

我是一个孩子
一个被幻想妈妈宠坏的孩子
我任性

家里的鞋儿底朝天（外一首）

张贤明

家里的鞋
摆一串，
好像船儿
进港湾。

大人的鞋
我爱穿，
穿上大鞋
像划船。

爸爸妈妈
有意见，
家里鞋儿
底朝天。

郁金香

公园里的郁金香，
身穿绿色衣裳，
花朵是酒杯形状。

微风轻轻吹来，

郁金香轻轻摇晃，
花儿轻轻碰撞。

他们是在碰杯吧，
定是举杯庆祝，
花儿一齐开放。

蜡笔画

谭旭东

我用小小的蜡笔，
画了一幅小小的图画。
画里有妈妈的笑声，
妈妈的笑声引来了小鸟。
小鸟儿站在门前的树上，
伸着脖子亲切地问好。

我用小小的蜡笔，
画了一幅小小的图画。
画里有爸爸的歌声，
爸爸的歌声引来了白云。
白云儿飘在屋顶的天空，
展开彩裙快乐地舞蹈。

祝福所有的孩子

——六一感言

高　昌

祝福所有的花朵
和花朵般美丽的笑容

祝福所有的露珠
和露珠般纯洁的心灵

祝福所有的翅膀
和翅膀般飞动的梦境

祝福所有的嫩芽
和嫩芽般新鲜的萌动

世界翘起了拇指
悄悄睁大惊奇的眼睛

生活张开了臂膀
紧紧拥抱彩色的黎明

多么美好的节日
每一滴泪珠都是水晶

多么快乐的时光
每一声呼唤都是深情

海上或许有涡旋
但是浪花却都在奔涌

路上或许有风雨
但是脚步却都很坚定

一颗一颗的汗珠
变成一粒一粒的花种

一段一段的记忆
变成一畦一畦的风景

有灿烂的彩虹啊
有彩虹般灿烂的前程

有晴朗的阳光啊
有阳光般晴朗的人生

祝福所有的孩子
用春天最明媚的表情

祝福所有的孩子
用夏天最热烈的歌声

祝福所有的孩子
用秋天最甜蜜的憧憬

祝福所有的孩子
用冬天最温暖的叮咛……

端午节

端午节为农历五月初五，又名端五、重五、端阳。民间有吃粽子、赛龙舟、挂菖蒲和艾叶、喝雄黄酒等习俗。节日来历的一种流传较广的说法是为了纪念诗人屈原，所以端午节也被称为“诗人节”。

淡水河边吊屈原

余光中

青史上你留下一片洁白，
朝朝暮暮你行吟在楚泽。
江鱼吞食了两千多年，
吞不下你的一根傲骨！

太史公为你的投水太息，
怪你为什么不游宦他国？
他怎知你若是做了张仪，
你不过流为先秦一说客！

但丁荷马和魏吉的史诗，
怎撼动你那悲壮的楚辞？
你的死就是你的不死：
你一直活到千秋万世！

悲苦时高歌一节离骚，
千古的志士泪涌如潮；
那浅浅的一湾汨罗江水，
灌溉着天下诗人的骄傲！

子兰的衣冠已化作尘土，
郑袖的舞袖在何处飘舞？
听！急鼓！可爱的三闾大夫！

滩滩的龙舟在为你竞渡！

我遥立在春晚的淡水河上，
我仿佛嗅到湘草的芬芳；
我怅然俯吻那悠悠的碧水，
它依稀流着楚泽的寒凉。

漂给屈原

余光中

有水的地方就有龙舟
有龙舟的竞渡就有人击鼓
你恒在鼓声的前方引路
哀丽的水鬼啊你的漂魂
从上游追你到下游，那鼓声
从上个端午到下个端午
湘水悠悠，无数的水鬼
冤缠荇藻怎洗涤得清?
千年的水鬼唯你成江神
非湘水净你，是你净湘水
你奋身一跃，所有的波涛
汀芷浦兰流芳到现今
亦何须招魂招亡魂归去
你流浪的诗族诗裔
涉沅济湘，渡更远的海峡
有水的地方就有人想家
有岸的地方楚歌就四起
你就在歌里，风里，水里

归航曲

郑愁予

漂泊得很久，我想归去了
仿佛，我不再属于这里的一切
我要摘下久悬的桅灯
摘下航程里最后的信号
我要归去了……

每一片帆都会驶向
斯培西阿海湾*
像疲倦的太阳
在那儿降落，我知道
每一朵云都会俯吻
汨罗江渚，像清浅的水涡一样
在那儿旋没……

我要归去了
天隅有幽蓝的空席
有星座们洗尘的酒宴
在隐去云朵和帆的地方
我的灯将在那儿升起……

* 斯培西阿海湾：雪莱失踪处。

端午，致屈原书

朱田文

执笔写信之时，江南正春花烂漫，草长莺飞
正如您在汨罗江边徘徊复徘徊，而我内心纠结
生命如火，语言苍白；思绪纷乱，辞不达意

东钱湖上龙舟竞渡，岸上观众如潮
母亲用青青箬壳、白白糯米包粽子
青团青，香包香，雄黄酒醉人
众人皆醉，我独醒；众人皆醒，我独醉

江南五月，艾草芳菲，桑树挂满紫果
湖上年年赛龙舟，而我在岸上观望
想起诗人的一生，我泪如泉涌
悲愤的泪水、忧伤的泪水如浪花在飞

香草，在钱湖边的山坡遍地蔓延
兰花，在四明山背阴处暗香浮动
柑橘，在江南村前屋后亮着灯笼
山鹿，在野生动物园里优哉游哉

怅望千秋，圣贤寂寞
最后的贵族成为历史的碎影
追忆流年，千年沉重
美酒飘香，美景在前，而美人迟暮

情是汹涌的暗流；心是孤独的猎手

龙舟，恰似情感的宣泄；端午，就是灵魂的出口

放逐与回归，沉沦与拯救

您绝望的一跃，成就了千古永生

这个端午

申　艳

杜若沿小路香过来，摇晃风的根部
春天松动，初夏抢先一步
嘉树含妍，惹来一条江的追逐
两岸青山悄悄扭转了脖颈

又饮下一杯雄黄酒的妇人
长发飘飘，延续湘夫人的惆怅
腰肢以下却幻化成白蛇
江心没有巨浪，岸边竹林小有动静

小船上，几个较真的男诗人
在谈论湘君的实际身份
忽略了船娘的呼吸里有蕙草的清香
江堤上，有人手持艾蒿匆匆走过

我的目光在他们之间游移
有温暖，有寥落，仿佛这个正午
我遇到的人，都从古国的时光里走来
他们，是否也这么看我

建党节

建党节为7月1日，又称党的生日或建党纪念日，是为纪念于1921年7月成立的中国共产党而设立的。是中国共产党的诞生纪念日。后经过考证，中共“一大”召开的时间为1921年7月23日。最早把7月1日作为中国共产党诞生的纪念日，是毛泽东同志于1938年5月在延安首先提出来的。

“七一”是这样的一个日子

石　英

“七一”是这样一个日子
她是两千万英烈共同的生日
又是七十年风雨永恒的记忆

“七一”是这样一个日子
她是砸开旧世界铁栅的巨锤
又是打开新天地之门的钥匙

从“七一”到“十一”
不过九十天的距离
但历史走了二十八年

每一次攀登都是腊子口
每前进一步都是雪山草地
“七一”在天安门广场迎接胜利

她又在大会堂门口为战士送行
征程中有顺境也有曲折
但风展红旗永远是春天的呼吸

我们熟悉“七一”的声音
从嘉兴南湖轻拨的桨声
到今日总书记视察南北的车轮声

我们熟悉“七一”的光色
从上海望志路小楼的星光
到今日中南海深夜灯光的投影

这是一种伟大的继承
从方志敏的《清贫》
到今日开发区的富有

这又是一种光辉的发展
从延安大礼堂的初建
到神奇的深圳速度

在今日中国
誓为“七一”长明火炬增辉者
当无愧于称为战士

在今日中国
亿万民众殷切倾听希望的回声
应是一个最清亮的“七一”

唱支山歌给党听

蕉 萍

唱支山歌给党听
我把党来比母亲
母亲只生了我的身
党的光辉照我心

旧社会鞭子抽我身
母亲只会泪淋淋
共产党号召我闹革命
夺过鞭子揍敌人
共产党号召我闹革命
夺过鞭子
夺过鞭子揍敌人

唱支山歌给党听
我把党来比母亲
母亲只生了我的身
党的光辉照我心

党　旗

王俊生

所有的风暴过去以后
是你宁静的微笑
如七月的阳光坦荡黄灿灿的胸怀
仰望成为最神奇的风景

听你的声音
如一缕阳光或一只手
搀扶我们
庇护我们

一只角就是一片朝霞
一面旗就是一部沉甸甸的历史
五千年的文明史书里
你是一座红色的城堡

金色的镰刀和铁锤
锻打了一个坚韧而又挺拔的民族
一个伟大的时代由此诞生
一个战斗的集体昂然屹立
永远是一方圣洁的天空
湿润了所有渴求的目光
把一切色彩和线条
译成世界上最壮美的语言

有信念正越过七千万肩头

一腔温热的脉搏中

黎明喷薄而出

七月一日，中国的早晨

刘双红

我被什么滚烫的泪流所惊醒，
被什么炙热的血流所澎湃？
云雀的叫声像蜂蜜一样进入我的味蕾，
一阵和煦的小风，
像妈妈的手疼爱地拍打我的窗棂，
哦，多么甘甜，多么温暖
七月一日，这共和国的早晨！
《国际歌》的旋律早已在天空回响。

七月一日，韶山的早晨，
虎歇坪
轰鸣的激荡之中，
遍地英雄扬起健硕臂膀，
立起一望无际的莽莽森林，
莽莽森林啊
铺开前无古人的画卷，
阵阵林涛
像千万勇士
牵长江傲立高涌的潮头。

七月一日，井冈的早晨，
黄洋界
晶莹的露珠之中，

是槐花的奔放，
桂花的质朴
和玫瑰的华贵
是丁香花的雅致，
野菊花的淡定
以及栀子花的高洁；
晨鸟的吟诵之中，
动人的颂诗在聚合，
神奇的故事在生长，
美丽的剪影在集合，
灿烂的花环在编织。

七月一日，遵义的早晨，
赤水河
洋溢着骄傲和幸福，
飞瀑间，
是神圣与庄严的交聚——
这闪烁的灵光之中，
有高亢的歌唱在呼啸，
有伟岸的身躯在恣肆，
有苍翠的群星在璀璨，
有矫健的雄鹰在翱翔。

七月一日，延安的早晨，
在宝塔山上
朝霞是红色的勋章，
犁田人，挥镐者，推车汉
教员，战士，科学家，设计师

太空英雄，商海精英
他们绅士般款款而来。
他们乘着祥云，
是金色的大鹏；
他们挟着东风，
是俯瞰的雄鹰。
他们从窑洞里走来
高举起鲜艳的旗帜
像无敌的骑士
跨上喜马拉雅傲视天下豪杰。

七月一日，中国的早晨，
九百六十万平方公里的土地泛起金色的光晕，
七月一日，中国的早晨，
民族之魂扬眉在镰刀斧头之间
七月一日，中国的早晨，
世界翘首中华，
翘首炎黄，
翘首长城，
翘首北京，
翘首世界的最极端。
听凭一个天籁之音，
从深邃的九霄徐徐弥漫，
惊愕这个小小寰球——

七月一日，中国的早晨，
阳光，永远是东方巨龙腾飞的轨迹，
阳光，永远是
中南海喷薄的灿烂日出！

誓　约

雷抒雁

那时候，我们庄严地
举起右手
并拢五指，慢慢地
握成拳头
面对旗帜
面对镰刀和锤头
怀着急剧的血流
以及怦怦的心跳
要给人生一份高贵的追求
我说，我自愿
我说，奋斗终身
我说，永不背叛
那誓言，一字一句
像铁锤敲打铁钉
一分分被楔进木头
自此，宁可锈死，绝不退后
当然，我知道这只是一种仪式
一切，只是开始
前边还有很长很长的道路
但没有谁会怀疑这声音的真诚
那一刻，盟誓者的坚定胜过情人、佛徒
我钟情世界上最原始的创造

镰刀和锤头
是我崇拜的图腾
人民和劳动
是我对政治信仰
最通俗的解读
海誓山盟
人生的承诺让我庄严地举起拳头
像一滴钻出石缝的水珠
自此，已落入溪流
明天，将要汇进大江大河
波澜壮阔的海就在前头招手
自此，我像打上烙印的军马
鲜明的符号就在自己胸口
我知道，就为这句誓言
多少人把生命射出枪口
一位红军老兵
永远难忘他陷进草地泥潭的战友
那最后举起的拳头握着最后的党费
握着对誓言的忠诚与坚守
千千万万个体的人
结成一条铁链，环环相扣
组成一道无坚不摧的洪流

流血。牺牲。奋斗
当我轻轻写下这几个字的时候
就像面对着无数有名无名的烈士墓碑
抚摸着蓄满血温的泥土
花在怒放，旗在飘扬

海浪跃动，如同
历史经过的曲折与险阻
当然，当然
一如大浪淘沙
石会风化，铁会生锈
彷徨、退却、变节、出卖与腐朽
誓言的食言者
每时每刻都会有
当心灵城池失守
有的人便成了金钱与美色的俘虏
背叛誓言，如同钙的流失
那些匍匐者像被软化了骨头
其实，就在举手盟誓的时候
那一刻我觉得所有古哲先贤仁人志士
都一齐站在旗帜的背后
天下为公
天下大同
先天下之忧而忧
后天下之乐而乐
那一刻在我小小的胸腔
拥挤着整个人类的期望
滚动着一个凉凉热热的地球
即使是一粒沙、一颗石
或一捧水泥
也将和更多的同志与战友
一起组合，去为人民搭桥铺路
即使是一段钢筋，一块铁板，一团铁丝
在这个伟大的工程里

也将被重新紧紧结构
我也曾为经过的挫折和灾难痛心疾首
但这难道能成为逃避与放弃誓言的借口
我相信，这是一片青春的森林
千千万万大树站立着
捧一轮红日，顶漫天流云
火烧、盗伐、虫蛀
倒下去的只不过是一抔朽木尘土
每一片空旷处
都会有新苗蓬勃成长挺身昂首

红旗上的中国

周长圆

今天，九十年后的今天
你生日蛋糕上的九十根蜡烛已经点燃
那摇曳着你灿烂年华的火苗告诉我
这面熊熊如炬的红旗上
诞生过我的中国！

今天，九十年后的今天
吹过你九十岁的面颊和发梢
那鼓荡你博大胸襟的东风告诉我
这面猎猎作响的红旗上
居住着我的中国！
你每一道褶皱里的万水和千山
你每一条织线里的田野和阡陌

你每一次潮头浪尖上的狂飙突进
你每一次风和日丽下的喜怒哀乐
…………
红旗，红旗，我曾在童年的脖子上
骄傲地系上你的一角
我曾在青春萌动的胸口
别上你金光闪闪的徽章

红旗，红旗，我分明看见
多少只拳头在你面前庄严地举起
多少人肩并着肩挽起了胳膊
如河流的飘带挽起三山和五岳

多少人已永远融进了这面红旗
他们的背影在我的泪水中沉没
多少亮丽的面孔正在向我们走来
他们如花瓣如星星
撒向大地缀满天空，
从天安门广场
飞向这个世界的每一个角落

每一次凝望这面火红的旗帜
我的眼里满含泪花
这是一幅波澜壮阔的山水长卷
这是一幅天下最美的画

今天，我要用我小小的内心
收下这面红旗
插在我的心尖上
用疼痛倾听你的呼吸
今天，我要用辽阔的大地
展开这面红旗
找寻大漠孤烟里的北国
和在岁月里出走的那条落日下的长河……

红旗，红旗，九十年后的今天

透过你密集的经纬线
我仿佛看见
当年黄浦江上的漩涡
已化作你脸上盛开的那对儿酒窝

历经沧桑依然风姿绰约
在我凡胎肉眼所不及的目光尽头
红旗，红旗，你的身姿隐现
你阔步走在秋收起义队伍的最前面
南昌城头，
你曾被一颗万恶的子弹洞穿……

井冈山巅，瑞金城里，
长征路上
你的身板越来越沉越来越重
许多人扛不动了，
因为这面红旗里
已装进了祖国的大好河山
遵义会议上你一次华丽的转身
目光锁定了宝塔和延安
渡金沙，涉乌江，过赤水，
抵达延河
后来在曙光里，
你站在了晨风中的西柏坡……

红旗，红旗，
这一道红色的闪电
从我的灵魂和血液中穿过

九十年前南湖的那条船上
一场惊天地泣鬼神的秘密会议
已勾勒出你生命的大致轮廓
要么在风雨之中呐喊
要么在屠刀面前沉默
要么卷起一个民族腐烂的尸首
要么在上面安放我簇新的中国

红旗，红旗，红旗……
今天，我要站成一棵
秦岭顶峰之上的松柏
就像一个好奇的孩子
骑在自家的屋脊上
瞭望中国的南方和北方
抚摸我家屋檐的北坡和南坡

今天，
让我们手握铁锤和镰刀尽情诉说
不为毁灭和砸烂，
只为复兴和开拓
不为沉寂和撕裂，
只为欢呼和收割
只为这面红旗上——
居住着我的中国！

中元节

中元节为农历七月十五，又称鬼节、七月半、盂兰盆节、斋孤节等。节日习俗有放河灯、祭祖、祀亡魂、焚纸锭等。

无　题

阿　垅

不要踏着露水——
因为有过人夜哭。……

哦，我底人啊，我记得极清楚，
在白色烛光里为你读过《雅歌》。

但是不要这样为我祷告，不要！
我无罪，我会赤裸着你这身体去见上帝。……

但是不要计算星和星间的空间吧，
不要用光年；用万有引力，用相照的光。

要开作一枝白色花——
因为我要这样宣告，我们无罪，然后我们凋谢。

中元夜

余光中

上穷碧落下黄泉
两处茫茫皆不见

月是情人和鬼的魂魄，月色冰冰
燃一盏青焰的长明灯
中元夜，鬼也醒着，人也醒着
人在桥上怔怔地出神

伸冷冷的白臂，桥栏拦我
拦我捞李白的月亮
月亮是幻，水中月是幻中幻，何况
今夕是中元，人和鬼一样可怜

可怜，可怜七夕是碧落的神话
落在人间。中秋是人间的希望
寄在碧落。而中元
中元属于黄泉，另一度空间

如果你玄衣飘飘上桥来，如果
你哭，在奈何桥上你哭
如果你笑，在鹊桥上你笑
我们是鬼故事，还是神话的主角？

终是太阳浸侵，幽光柔若无棱
飘过来云，飘过去云
恰似青烟缭绕着佛灯
桥下磷磷，桥上磷磷，我的眸想亦磷磷

月是盗梦的怪精，今夕，回不回去?
彼岸魂挤，此岸魂挤
回去的路上魂魄在游行
而水，在桥下流着，泪，在桥上流

走向远方

汪国真

是男儿总要走向远方，
走向远方是为了让生命更辉煌。
走在崎岖不平的路上，
年轻的眼眸里装着梦更装着思想。

不论是孤独地走着还是结伴同行，
让每一个脚印都坚实而有力量。
我们学着承受痛苦。
学着把眼泪像珍珠一样收藏，
把眼泪都贮存在成功的那一天流淌，
那一天，
哪怕流它个大海汪洋。

我们学着对待误解。
学着把生活的苦酒当成饮料一样慢慢品尝，
不论生命经过多少委屈和艰辛，
我们总是以一个朝气蓬勃的面孔，
醒来在每一个早上。

我们学着对待流言。
学着从容而冷静地面对世事沧桑，
“猝然临之而不惊，
无故加之而不怒”，

这便是我们的大勇，
我们的修养。

我们学着只争朝夕。
人生苦短，
道路漫长，
我们走向并珍爱每一处风光，
我们不停地走着，
不停地走着的我们也成了一处风光。

走向远方，
从少年到青年，
从青年到老年，
我们从星星走成了夕阳。

致萤火

戴望舒

萤火，萤火，
你来照我。

照我，照这沾露的草，
照这泥土，照到你老。

我躺在这里，让一颗芽
穿过我的躯体，我的心，
长成树，开花；

让一片青色的藓苔，
那么轻，那么轻
把我全身遮盖，

像一双小手纤纤，
当往日我在昼眠，
把一条薄被
在我身上轻披。

我躺在这里
咀嚼着太阳的香味；
在什么别的天地，
云雀在青空中高飞。

萤火，萤火
给一缕细细的光线——
够担得起记忆，
够把沉哀来吞咽！

一盏小灯

文晓村

在荒漠的旷野
野狼的嗥叫　令人毛发耸动
远方　那一闪
　　　荧荧的亮光
可是一盏小小的灯？

在深夜的海上
黑色的风浪　撞击着水手的心
远方　那一闪
　　　淡淡的亮光
可是一盏小小的灯？

在浓雾的岛上
风平浪静　星儿也跌入梦境
远方　那一闪
　　　蒙蒙的亮光
可是一盏小小的灯？

纵然是白昼
都市和乡村欢笑般的
炫耀着春花秋月的风景
我的心灵啊　依然渴望
那一盏小小的灯

而我知道
在这个世界上
那一盏梦幻的小灯
是永远无法接近的
便只有默默地
把心贴了上去

建军节

建军节为8月1日，又称八一节、八一建军节等，是中国人民解放军建军纪念日。1927年8月1日南昌起义爆发，中国共产党开始有自己的独立武装。1933年7月11日，中华苏维埃共和国临时中央政府决定，将8月1日作为中国工农红军成立纪念日。1949年6月15日，中国人民革命军事委员会发布命令，以“八一”二字作为中国人民解放军军旗和军徽的主要标志。中华人民共和国成立后，将此纪念日改称为中国人民解放军建军节。

中国人民解放军军歌

公　木

向前！向前！向前！
我们的队伍向太阳！
脚踏着祖国的大地，
背负着民族的希望，
我们是一支不可战胜的力量。
我们是工农的子弟，
我们是人民的武装，
从无畏惧，绝不屈服，英勇战斗，
直到把反动派消灭干净，
毛泽东的旗帜高高飘扬。
听！风在呼啸军号响，
听！革命歌声多嘹亮！
同志们整齐步伐奔向解放的战场，
同志们整齐步伐奔赴祖国的边疆，
向前！向前！
我们的队伍向太阳，
向最后的胜利，
向全国的解放！

我的名字叫：兵

李松涛

边防线上，竖着我的身影，
雪雨风霜知道我的行踪。
我的钢枪，似一座山峰
撑起青色的黎明，
以及黎明后祖国的沸腾。
我的军装，似一片浓绿，
覆盖金色的黄昏，
以及黄昏后祖国的甜梦。
啊！我威武而豪迈地守卫着界碑，
守卫着界碑这边大豆摇铃的土地，
守卫着界碑上面霞光挥彩的天空。
枪，上肩——
肩起青春！肩起信任！肩起使命！
军帽下的大脑，盛着机智，
军服里的身躯，藏着英勇。
解放鞋的鞋带，勒紧足力，
巡逻途中，踢平坎坷，踏断泥泞。
走过原野，我的心胸就原野似的宽广，
走过高山，我的脚步就高山似的坚定。
迎接雾里的朦胧的旭日，
欢送雪后闪烁的繁星。
有我坚实的足迹，
就有幸福和安宁。

烈日下不枯的山花可以作证，
寒风中不凋的苍松可以作证，
四季不倒的界碑可以作证——
我是祖国母亲信得过的儿子，
我的名字叫：兵！

咱当兵的人

王晓岭

咱当兵的人　有啥不一样
只因为我们都穿着　朴实的军装
咱当兵的人　有啥不一样
自从离开家乡　就难见到爹娘
说不一样　其实也一样
都是青春的年华　都是热血儿郎
说不一样　其实也一样
一样的足迹留给　山高水长
当兵的人　当兵的人
咱当兵的人　就是不一样
头枕着边关的明月　身披着雨雪风霜
咱当兵的人　就是不一样
为了国家安宁　我们紧握手中枪
说不一样　其实也一样
都在渴望辉煌　都在赢得荣光
说不一样　其实也一样
一样的风采在共和国的旗帜上飞扬
咱当兵的人　有啥不一样
只因为我们都穿着　朴实的军装
咱当兵的人　就是不一样
为了国家安宁　我们紧握手中枪
咱当兵的人　就是这个样

说句心里话

石顺义

说句心里话我也想家
家中的老妈妈已是满头白发
说句那实在话我也有爱
常思念那个梦中的她　梦中的她
既然来当兵
就知责任大
你不扛枪我不扛枪
谁保卫咱妈妈谁来保卫她　谁来保卫她

说句心里话我也不傻
我懂得从军的路上风吹雨打
说句那实在话我也有情
人间的那个烟火把我养大
话虽这样说
有国才有家
你不站岗我不站岗
谁保卫咱祖国谁来保卫家　谁来保卫家
你不站岗我不站岗
谁保卫咱祖国谁来保卫家　谁来保卫家

看到第一片绿叶

王　族

生命的绿终于探出了头
（山下已进入盛夏了）
我忍住泪水跑过去用双手捧住它
我相信我在这一刻抓住了高原上
与一群兵同甘共苦的一棵树的手

而一转眼就看见
昆仑山像恶兽般张开的大嘴
它在这时也发现了这生命的绿吗
一片绿叶一双激动的眼睛
在昆仑山的风雪中有着怎样的命运

我久久地站立，
雪在飘　绿叶在晃动
只有风无声无息地向着昆仑山在吹

就是在那天我打消了
将那棵小树移回连队的念头
绿叶将独自在风雪中活命
而我将保留一个梦
在昆仑山　梦有独自进行的方式
它常常让寂静的岁月变得落英缤纷
让思念和向往像清水一样流过内心

我仍将在昆仑山上当兵
如果大雪封死了所有通向外界的道路
我就停下来闭上眼睛在内心看
一片绿叶在季节的舞台上
从头至尾都是主演

给战斗者（节选）

田　间

我们
必须
战斗了，
昨天是忿怒的，
是狂呼的，
是挣扎的
四万万五千万呵
斗争
或者死
我们
必须
拔出敌人底刀刃，
从自己底
血管。
我们
战斗的
呼吸，
不能停止；
血肉的
行列，
不能拆散。
我们
复仇的

枪，
不能扭断。

因为我们知道
这古老的民族，
不能
屈辱地活着，
也不能
屈辱地死去。
我们一定要
高举双手
迎接——自由！

人民！人民！
抓出
木厂里
墙角里
泥沟里
我们底
武器，
痛击杀人犯！
人民！人民！
高高地举起
我们
被火烤的
被暴风雨淋的
被鞭子抽打的
劳动者的双手

斗争吧！
在斗争里，
胜利
或者死

在诗篇上，
战士底坟场，
会比奴隶底国家
要温暖，
要明亮。

望　月

程步涛

士兵一个永远的情结
思念家乡时
抬头望月

盘马考弓时望月
持节云中时望月
那瓶桂花酿成的老酒
让多少士兵醉死沙场
只留下一管羌笛几拍胡笳
吹乱边关寒夜

月亮还是那轮月亮
而今
我们在军营望月
望家乡梨树枣树
望场院麦草豆秸
星星是秋夜里的蝈蝈
唱窗前月光
唱草上寒霜
唱母亲颤巍巍的双手
将一枝茱萸
投入门前的小河

都市里没有这般多情
都市里把月亮摆在柜台上
标一个可观的价码
让人们用金钱购买甜蜜
让人们用刀子切割欢乐

只有士兵
才一次次痴痴地望月
心
先是涌起洪波巨澜
而后凝成一块冷铁
而后走向边地
踏进山野
写匣中宝剑石棱白羽
写饥餐虏肉渴饮敌血

写千百年来
总也写不完的
凛凛然然
坚贞刚烈

七夕节

七夕节为农历七月七日，又称七巧节、七姐节、女儿节、乞巧节、七娘会、巧夕、牛公牛婆日、双七等，是中国民间的传统节日，传说牛郎织女这一天在鹊桥相会，所以人们在这一天举行祈福许愿、乞求巧艺等活动。后来，这个节日又被赋予爱情色彩，也被称为中国的情人节。

天上的街市

郭沫若

远远的街灯明了，
好像闪着无数的明星。
天上的明星现了，
好像点着无数的街灯。

我想那缥缈的空中，
定然有美丽的街市。
街市上陈列的一些物品，
定然是世上没有的珍奇。

你看，那浅浅的天河，
定然是不甚宽广。
那隔河的牛郎织女，
定能够骑着牛儿来往。

我想他们此刻，
定然在天街闲游。
不信，请看那朵流星。
那是他们提着灯笼在走。

良　宵

昌　耀

放逐的诗人啊
这良宵是属于你的吗?
这新嫁忍受的柔情蜜意的夜是属于你的吗?
不，今夜没有月光，没有花朵，也没有天鹅，
我的手指染着细雨和青草气息，
但即使是这样的雨夜也完全是属于你的吗?
是的，全部属于我。
但不要以为我的爱情已生满菌斑，
我从空气摄取养料，经由阳光提取钙质，
我的须髭如同箭毛，
而我的爱情却如夜色一样羞涩。
啊，你自夜中与我对语的朋友
请递给我十指纤纤的你的素手。

你的名字

纪　弦

用了世界上最轻最轻的声音，
轻轻地唤你的名字，每夜每夜。

写你的名字，
画你的名字，
而梦见的是你的发光的名字：

如日，如星，你的名字。
如灯，如钻石，你的名字。
如缤纷的火花，如闪电，你的名字。
如原始森林的燃烧，你的名字。
刻你的名字！
刻你的名字在树上。
刻你的名字在不凋的生命树上。
当这植物长成了参天的古木时，
啊啊，多好，多好，
你的名字也大起来。
大起来了，你的名字。
亮起来了，你的名字。
于是，轻轻轻轻轻轻轻地唤你的名字。

只要彼此爱过一次

汪国真

如果不曾相逢
也许　心绪永远不会沉重
如果真的失之交臂
恐怕一生也不得轻松

一个眼神
便足以让心海　掠过飓风
在贫瘠的土地上
更深地懂得风景

一次远行
便足以憔悴了一颗　羸弱的心
每望一眼秋水微澜
便恨不得　泪水盈盈

死怎能不　从容不迫
爱又怎能　无动于衷
只要彼此爱过一次
就是无憾的人生

紫色的心语

阿　紫

我用自己的方式爱你
我在紫色的房间里
织补着紫色的网
你便用你柔美的诗句
抒写我懂你的柔情蜜意

下雨的夜晚
我会放下紫色的窗帘
在紫色的灯影里
换上紫色的衣裳
手捧一杯淡香的花茶
芬芳着对你的记忆

我曾经活在过去
所以你会看到我凄切的文字
但我不愿你在黑暗中看我
看我是怎样挣扎着
将悲哀转成音乐
又将火热换做孤独的旋律

我知道
这个流火的七月
我无法躲掉

一次命中注定的相遇

于是

我抬眼看你

让怀病的日子纷纷落地

让夕阳也穿上如我一样的金色紫衣

在这穿越时空的长廊里

我会将放弃的所有日子

全部 全部 还原给你

善哉十行

周梦蝶

人远天涯远？若欲相见
即得相见。善哉善哉你说
你心里有绿色
出门便是草。乃至你说
若欲相见，更不劳流萤提灯引路
不须于蕉窗下久立
不须于前庭以玉钗敲砌竹……
若欲相见，只须于悄无人处呼名，乃至
只须于心头一跳一热，微微
微微微微一热一跳一热。

教师节

教师节为9月10日，是为倡导尊师重教而设立的一个节日。1985年第六届全国人大常委会第九次会议通过了国务院关于建立教师节的议案，1985年9月10日为中华人民共和国第一个教师节。

九月的这一天不能忘

——献给教师节

金　波

九月的这一天不能忘，
无论是部长还是市长，
像记住亲人的生日一样，
九月的这一天不能忘。

想起这一天心里又甜又温暖，
老师的爱像永不干涸的清泉，
老师在我们心里播种着春天，
想起这一天心里又甜又温暖。

不能只记住一个教师节，
这一天献上的鲜花终会凋谢，
可老师培育的花朵永远盛开，
不能只记住一个教师节。

老师的财富不仅是一个节日，
老师有千千万万个好孩子，
好孩子能创造未来光辉的日子，
老师的财富不仅是一个节日。

长大后我就成了你

宋青松

小时候我以为你很美丽
领着一群小鸟飞来飞去
小时候我以为你很神气
说上一句话也惊天动地
长大后我就成了你
才知道那间教室
放飞的是希望
守巢的总是你
长大后我就成了你
才知道那块黑板
写下的是真理
擦去的是功利

小时候我以为你很神秘
让所有的难题成了乐趣
小时候我以为你很有力
你总喜欢把我们高高举起
长大后我就成了你
才知道那支粉笔
画出的是彩虹
洒下的是泪滴
长大后我就成了你
才知道那个讲台

举起的是别人

奉献的是自己

长大后我就成了你

我就成了你

窗前，一株紫丁香

滕航旭

踮起脚尖儿。
走进浓绿的小院。
我们把一株紫丁香，
栽在老师窗前。

老师，老师，
就让它绿色的枝叶，
伸进您的窗口，
夜夜和您做伴儿。

您听，您听，
绿叶在风里沙沙，
那是我们给您唱歌，
帮您解除一天的疲倦。

您看，您看，
满树盛开的小花
那是我们的笑脸，
感谢您时时把我们挂牵。

夜深了，星星困得眨眼，
老师，快休息吧！
让花香飘进您的梦里，
那梦啊，准是又香又甜。

献给老师的花束

徐　鲁

一

多少欢聚，
又多少离别，
汇集在你生命的长河……
多少忧愁，
又多少喜悦，
交织在你无怨的岁月……
日日夜夜，
你总做着希望的梦；
风里雨里，
你总唱着痴情的歌。
直到满头的青丝变成了白发，
直到每一片心田都开出花朵……

记得蒲公英和七里香
开满夏日山谷的时节，
你背着我们
一一涉过涨水的小河；
记得鲜艳的红领巾
第一次飘荡在我的前胸，
你无声的目光
传递给我多少温热；

记得母校那一片美丽的绿荫，
在绿荫下，你喃喃地说——
我爱这春天，
更爱这每一片绿叶。

二

啊，有多少欣慰，
有多少疼爱，
在我们即将毕业的时刻；
带着多少期待，
多少嘱托，
你把我们一一送上人生的站台，
目送着我们各自踏上远去的列车……
两行离别泪，万缕慈母情。
你用颤抖的声音鼓励着我们——
去吧，勇敢的孩子们！
向着你们明天的生活……

三

有一种开在山野上的小花，
她的名字叫“勿忘我”。
风雨里盛开，
风雨里凋谢。
一簇簇美丽而朴素的生命，
装点着被人们遗忘的角落……
亲爱的老师，

当又一个金色的秋天来临的时候，
我愿采一束蓝色的小花，
轻轻地放在你的窗边，
默默地放在你的课桌……

想起你那身已经褪色的蓝色衣装，
想起你为我们修改过的
一册一册人生的作业，
想起你的白发，
想起你的教鞭，
还有你那已经苍老的身影，
仿佛仍然站在我们的背后，
注视着我们，
鼓励着我们——
生命的历程，
该怎样书写……

教师塑像

宋青松

刚是初秋，
他的颜色
已比霜叶更深。
伫立在广场，
凝重的表情
湮没了泪痕。
微笑
意味深长，
曾经是……
现在是……

他的肩头没有重量，
只有责任。
因此显得很轻，
因此觉得很沉。
所有的目光都在仰视，
却无法看见他的内心。

我们
曾经被他、
正在被他、
将要被他、
塑造灵魂，

然后，
在他肩头
高大起来，
成为
这个世界的主人！

黑土地
在他的身后站起，
播种语言、数字、公式、定律、真理、爱心……
生长科学家、企业家、工人、农民、战士、诗人……
他的目光深情地流过，
以巨大的力量
荡涤贫困；
他手中的粉笔，
在太阳的光环里放大
扩散成
擎天柱的年轮。

我们习惯用荣誉
支付别人的艰辛，
他瘦骨嶙峋的脸上抿紧的唇
已怯于回答，
希望们大胆地提问：
关于人际关系，
关于劳动价值，
关于社会道德，
关于住房窘困的他
却在街头成为塑像

备受爱尊。
他必须用毕生传播光明，
然后才是学会适者生存。

假如我还是个孩子，
我会向他告发：
大发子欺负女孩，
小丁丁抄人家作文，
我会向他检讨，
我昨天撒谎了
并没有去搀扶老人。
他会轻轻地扶正我的头
笑得十分开心。

可现在、现在
我长成了大人，
习惯了为名利奔忙，
对邪恶容忍，
甚至面对虚假，
都不敢发出自己的声音。
只是一次次徒然地
把牙咬痛，
把拳攥紧。

然而、既然，
他已经矗立在广场，
炯炯的目光盯着每一颗心，
那么课堂就不再是四十五分钟，

理想就不会向现实屈尊；
那么教育也不只是在教室，
他时刻都在塑造每个灵魂。

让我们变成孩子吧，
不！
哪怕是大人，
我们也应该记住，
记住：
老师在看着我们，
老师在看着我们！

中秋节

中秋节为农历八月十五，又称月夕、秋节、端正月、仲秋节、八月节、八月会、追月节、玩月节、拜月节、女儿节或团圆节等，有祭月、赏月、拜月、吃月饼、赏桂花、饮桂花酒等习俗。外地游子多在这一天赶回家，与亲人共度。

中秋夜

舒　婷

海岛八月中秋
芭蕉摇摇
龙眼熟坠
不知有“花朝月夕”
只因年来风雨见多
当激情招来十级风暴
心，不知在哪里停泊

道路已经选择
没有蔷薇花
并不曾后悔过
人在月光里容易梦游
渴望得到也懂得温柔
要使血不这样奔流
凭二十四岁的骄傲显然不够

要有坚实的肩膀
能靠上疲惫的头
需要有一双手
来支持最沉重的时刻
尽管明白
生命应当完全献出去
留多少给自己
就有多少忧愁

中秋月

杨 然

今夜只有中国才有月亮
只有中国才有这么大这么明这么圆圆的月亮
这样沉重的月亮，是中国人悬天的魂魄
啊！中秋节

只有中国人在望月，今夜
中国最公开的隐痛啊被叹息的夜色浮动
七月流火之后，母亲又为我们授衣
授第三十五件衣。蟋蟀，又将入我床下
但是古代的泪眼啊还是这么圆睁
望穿历史，望穿岁月

月亮，月亮，从远古照耀现代的中国
今夜中国最动情了
用期盼去填海峡两岸的距离
同时推开的窗
这边岸上的，那边岸上的
集中人类五分之一的目光一齐望月
每张脸，阴了一半，晴了一半

碎了的月亮在这里，复圆的月亮在天上
写深深的情思，在浅浅的海面
纵然被水冲走了，还是要写下去，一年又一年

目光飞不过去，就到月面相逢
声音飞不过去，就到海上碰杯
那三十五年没有启封的一瓶酒
还是桂花酿的味，还是菊花染的色

最清醒的一醉，饮出五千年的史记
还记得出征人的泪，还记得烽火台下的羌笛
中国的关啊虽不是汉时的关
天上有飞机，水面有船，地下有火车
中国的月啊却还是秦时的月
还是李白举杯相邀，苏轼把酒问天的那一轮
还记得阳关古道杨柳攀折，乐游原上残阳如血
还记得江南又绿两岸，梦醒秦娥伤别
中国的月啊，难道就永远这样离愁别恨
这样照九州的不全，这样幽思声声哽咽
那就到月上暂时相会，月上有海无峡
还有哪一张中国人的脸，不愿飘来镜中相看
那边有阳明山，这边有东岳
那边有日月潭，这边有云梦古泽
总不能把月也锯成两半，怨这祖先遗传的佳节
要怨，就怨这使人频添白发的怀想
怨这太多太绵缠的乡恋、乡愁、乡情
怨这龙的、凤的、长城的、黄河的相思
怨这父子母女、夫妻兄妹割不断的恩爱
怨吧，最亲最亲的人，最可怨恨的
只有中国，今夜多梦

月亮的名字丢失了，明月不再叫作明月

而被中国叫作团圆，叫作统一
今夜中国推开所有的窗，
啊！中秋节

乡　愁

余光中

小时候，
乡愁是一枚小小的邮票，
我在这头，
母亲在那头。

长大后，
乡愁是一张窄窄的船票，
我在这头，
新娘在那头。

后来啊，
乡愁是一方矮矮的坟墓，
我在外头，
母亲在里头。

而现在，
乡愁是一湾浅浅的海峡，
我在这头，
大陆在那头。

乡　愁

席慕蓉

故乡的歌是一支清远的笛
总在有月亮的晚上响起
故乡的面貌却是一种模糊的怅惘
仿佛雾里的挥手别离
离别后
乡愁是一棵没有年轮的树
永不老去

月之故乡

彭邦桢

天上一个月亮
水里一个月亮
天上的月亮在水里
水里的月亮在天上

低头看水里
抬头看天上
看月亮，思故乡
一个在水里
一个在天上

十五的月亮

石　祥

十五的月亮，照在家乡，照在边关。
宁静的夜晚，你也思念，我也思念。
我守在婴儿的摇篮边，
你巡逻在祖国的边防线；
我在家乡耕耘着农田，
你在边疆站岗值班。
啊！丰收果里有我的甘甜，也有你的甘甜；
军功章啊，有你的一半，也有我的一半。

十五的月亮，照在家乡，照在边关。
宁静的夜晚，你也思念，我也思念。
我孝敬父母任劳任怨；
你献身祖国不惜流血汗
我肩负着全家的重任，
你在保卫国家安全。
啊！祖国昌盛有你的贡献，也有我的贡献；
万家团圆，是你的心愿，也是我的心愿。

喧哗与骚动

——写在桂子香中

沙 白

无穷的诱惑都在于秋风
轻描淡写的一笔
芳香的微粒子
竞相挣脱金色小小珠胎
挣脱万千桂树的绿叶扶疏

无人见到的钱塘大潮
无人觉察的热带风暴
每片叶都在喧哗
每根枝都在骚动
谁曾料到这些细碎的花瓣
竟有这么多心事急于倾吐
这世界仍有未被污染的馥郁
仍有亿万年不改初衷的执着
一座芬芳的大海
浮起满觉陇，浮起植物园
浮起秋天，浮起月色
一次一年一度的忘情喷发
如痴
如怒

失约于十里荷花
未必便是错误

国庆节

国庆节为10月1日，又称十一节等。1949年12月3日，中央人民政府委员会第四次会议接受全国政协的建议，通过了《关于中华人民共和国国庆日的决议》，决定每年10月1日为中华人民共和国国庆节。

义勇军进行曲

田　汉

起来
不愿做奴隶的人们
把我们的血肉
筑成我们新的长城
中华民族到了
最危险的时候
每个人被迫着
发出最后的吼声
起来
起来
起来
我们万众一心
冒着敌人的炮火
前进
冒着敌人的炮火
前进
前进
前进进

中华人民共和国颂歌（节选）

公　木

我从一座高大的饰着松枝的拱门中走出。
巨幅的绣着镰刀锤子的红旗
和五星红旗交叉在门首上，
在十月的高空里，
掠着彩云，迎风飘扬。

我阔步行进在大街当中，
大街已经淹没在旗帜的海洋里了。
每个人脸上都笑开了花，
和那旗面一样鲜红。

我向每个人招手，
每个人向我点头；
我想向每个人拥抱亲吻，
向迎面走来的每个男人和女人。

人们，我叫不上名姓来的，
在今天以前从没有见过一面的，
却又是这么稔熟，这么亲切，
我永远分离不开的人们呵，
我亲爱的中华人民共和国底同胞！

我们生活在一个时代里，

战斗在一个时代里，
我们的血和泪共同流在一起，
共同被风雪吹打被太阳煦照。
今天，啊，今天——
听啊，听啊，
让我们共同来听啊，
让我们共同聚精会神地来听啊！

这轰轰隆隆，荡荡滂滂，
如同山洪，如同飓风，
如同分裂岩石的瀑布底音响——

汹涌着，激荡着，倾泻着，
向东方，向西方，向南方，向北方，
它打开一切通往未来的闸门，
冲破一切阻挡前进的堤防。……

这是毛泽东主席底声浪，
这是毛泽东主席在宣布：

中华人民共和国中央人民政府，
已于本日成立了！
占人类总数四分之一的中国人，
从此站立起来了！

我们底心随着这共同的韵律而跳动，
我们底脸上泛着共同的笑底红光。
来呵，我亲爱的中华人民共和国底同胞们，

让我们共同为这千载难逢，
万古流芳的开国底吉日良辰，
来尽情地欢腾庆祝吧！
是跛子也要舞蹈，
是哑巴也要歌唱。

歌唱，歌唱啊！
歌唱我们勤劳刚毅的四万万七千五百万，
歌唱每个劳动者，歌唱我们自己：
我们是多么幸福，多么骄傲，
力量在我们青春的血液里燃烧。
枯了的井又冒着清泉，
干了的河床又涌现着波涛。
新中国底太阳披着彩虹，
从灿烂的东方底地平线上，
轰响着升起来了，升起来了！

多少年来，多少艰苦的岁月啊，
我们在想念着这一天。
人间啊，再没有哪一种刻苦的相思，
会超过我们忠贞的渴念。

在车间，在坑道，在瓜棚，在战壕，
在笼罩电网的冰冻的监牢，
我们窃窃耳语着这一天。

在没有月光的胡同里，
我们用粉笔涂满墙壁，

向工人和市民预言着这一天。

面对着法官和执行吏底拷问，
我们睥睨地注视着他们；
火一样的回答使他们打战，
我们讲的正是这一天。

当连续工作了十二个钟头，
疲倦地昏睡在案头；
轻轻地轻轻地走进梦里来，
给予像爱人像母亲般的抚慰的——
也还是这一天啊！

哦，都是这一天，
都是这一天，
我们满心想念着的都是这一天啊！
而我，一个普通的教员，
我底对象是这一代无邪的青年：
他们底心地像他们的眼睛一样清莹，
像他们乌黑油亮的头发一样纯洁，
他们底热情像野火；
十九个年头了，在讲台上，
我反反复复地向他们讲说着这一天。

而今，这一天终于来到了，
这么欢乐地，这么荣耀地来到了。
所有的城镇都为它披红挂彩，
所有的锣鼓都为它鸣奏起来；

灯塔和火炬为它大放光明，
把昼和夜底界限抹掉，
把城市和乡村连接到一起；
礼炮为它威武地轰鸣，
气球为它高高地，高高地腾上晴空。

十月的晴空啊，这无色透明的晴空，
看得见吗？大气流里
正飞逐着无数无数祝贺的电波。

我挺起胸膛站立在
高大的饰着松枝的拱门之前。
巨幅的绣着镰刀锤子的红旗
和五星红旗交叉着，
庄严地飞舞在我的头顶上。

1949年10月1—2日

于沈阳—长春

读中国

阿　紫

在东方
有一条腾飞的巨龙
在东方
有一个巨龙的民族
在东方
有横撇竖捺的方块字
在东方
大写的方块字里
让我们
和世界一起
读中国

我们读中国
用祖先钻木的火种
照亮华夏文明
生生不息的长河
我们读中国
沿着甲骨文沧桑的纹理
驾驭历史的长车
纵横阡陌

我们读中国
在人之初

性本善的《三字经》里
学会做人的道理
我们读中国
在赵钱孙李
周吴郑王的《百家姓》中
懂得共生共存的融合

我们读中国
聆听悠长的青铜编钟
与孔子、孟子
种几棵青柳
促膝长谈
我们读中国
纵观岁月的风起云涌
与李白、杜甫
隔几株老梅
论潮涨潮落

我们读中国
用四大发明的奇迹
唤醒
胸口沉睡的雄狮
我们读中国
铺一条锦绣的丝绸之路
通向世界
让世界
走进一带一路
开放的中国

我们在
谁言寸草心
报得三春晖的唐诗里
读感恩的中国
我们在
但愿人长久
千里共婵娟的宋词里
读思念的中国
我们在
炮火连天的硝烟里
读怆然悲壮的中国
我们在
红旗漫卷的西风中
读繁荣昌盛的中国

我们和长辈
读门前的老树
读江上的渔火
读老娘的白发
读让我们泪流满面的温暖的中国

我们和晚辈
读中华的崛起
读复兴的希望
读团结的力量
读让我们众志成城的辉煌的中国

读中国

你会越来越爱

这片神奇的土地

读中国

你会越来越亲

这里的每一寸山河

读中国

你会想起乳名一样的父老乡亲

读中国

你会发自肺腑地

向着东方喊

我爱你，中国

锦　绣

——写给我“一带一路”开放的中国

阿　紫

我要展开
祖先纺织的丝绸
在九百六十万平方公里
绣上我的母语
我的祖国

我要用银白的丝线
绣上我的母亲河
用她丰沛的乳汁
养育世世代代的儿女
用她纯净的乳汁
让祖祖辈辈歌唱的喉咙
不再干涸

我要用黄色的丝线
绣上我的黄土高坡
让一点一滴的汗水
结成金黄金黄的硕果

我要用绿色的丝线
绣上我长城的巍峨
让那些坚定的身影
日夜守护

和平幸福的生活

我要用褐色的丝线
绣上一队队的骆驼
让大漠
扬起一阵又一阵的驼铃
西行的路上
为黑头发、黄皮肤的人们
燃起明亮的篝火

我要用蓝色的丝线
绣出我大海的辽阔
让中国
走向世界
让世界
走进中国

我要用红色的丝线
深红的
浅红的
橙红的
鲜红的
我要用所有的红色
绣出我日出喷薄的祖国
我要用大红大红的太阳
告诉世界

日出，东方
东方，蓬勃

我的祖国

乔　羽

一条大河波浪宽，
风吹稻花香两岸。
我家就在岸上住，
听惯了艄公的号子，
看惯了船上的白帆。
这是美丽的祖国，
是我生长的地方，
在这片辽阔的土地上，
到处都有明媚的风光。

姑娘好像花儿一样，
小伙儿心胸多宽广，
为了开辟新天地，
唤醒了沉睡的高山，
让那河流改变了模样。
这是英雄的祖国，
是我生长的地方，
在这片古老的土地上，
到处都有青春的力量。

好山好水好地方，
条条大路都宽敞，
朋友来了有好酒，

若是那豺狼来了，
迎接它的有猎枪。
这是强大的祖国，
是我生长的地方，
在这片温暖的土地上，
到处都有和平的阳光。

祖国啊，我要燃烧

叶文福

当我还是一株青松的幼苗，
大地就赋予我高尚的情操！
我立志做栋梁，献身于人类，
一枝一叶，全不畏雪剑冰刀！

不幸，我是植根在深深的峡谷，
长啊，长啊，却怎么也高不过峰头的小草。
我拼命吸吮母亲干瘪的乳房，
一心要把理想举上万重碧霄！

我实在太不自量力了：幼稚！可笑！
蒙昧使我看不见自己卑贱的细胞。
于是我受到了应有的惩罚——
迎面扑来旷世的风暴！

啊，天翻地覆……
啊，山呼海啸……
伟大的造山运动，把我埋进深深的地层，
——我死了，那时我正青春年少。

我死了！年轻的躯干在地底痉挛，
我死了！不死的精灵却还在拼搏呼号：
“我要出去！我要出去！我要出去啊——

我的理想不是蹲这黑暗的囚牢！”

漫长的岁月，我吞忍了多少难忍的煎熬，
但理想之光，依然在心中灼灼闪耀。
我变成了一块煤，还悲愤地捶打地狱的门环：
“祖国啊，祖国啊，我要燃烧！”

地壳是多么的厚啊，希望是何等的缥缈！
我渴望：渴望面前闪出一千条向阳坑道！
我要出去，投身于熔炉，化作熊熊烈火：
“祖国啊，祖国啊，我要燃烧——”

爱

余秀华

阳光好的院子里，麻雀扑腾细微而金黄的响声
枯萎的月季花叶子也是好的
时光有序。而生活总是把好的一面给人看
另外的一面，是要爱的
我会遇见最好的山水，最好的人
他们所在的地方都是我的祖国
是我能够听见星座之间对话的庙堂、
而我在这里，在这样的时辰里
世界把山水荡漾给我看
它有多大的秘密，就打开多大的天空
这个时候，我被秘密击中
流着泪，但是守口如瓶

祖国呵，我亲爱的祖国

舒　婷

我是你河边上破旧的老水车
数百年来纺着疲惫的歌；
我是你额上熏黑的矿灯，
照你在历史的隧洞里蜗行摸索；
我是干瘪的稻穗；是失修的路基；
是淤滩上的驳船
把纤绳深深
勒进你的肩膊；
——祖国呵！

我是贫困，
我是悲哀。
我是你祖祖辈辈
痛苦的希望呵，
是“飞天”袖间
千百年来未落在地面的花朵；
——祖国呵！

我是你簇新的理想，
刚从神话的蛛网里挣脱；
我是你雪被下古莲的胚芽；
我是你挂着眼泪的笑涡；
我是新刷出的雪白的起跑线；

是绯红的黎明
正在喷薄；
——祖国呵！

我是你的十亿分之一，
是你九百六十万平方的总和；
你以伤痕累累的乳房
喂养了
迷惘的我、深思的我、沸腾的我；
那就从我的血肉之躯上
去取得
你的富饶、你的荣光、你的自由；
——祖国呵，
我亲爱的祖国！

祈　祷

闻一多

请告诉我谁是中国人，
启示我，如何把记忆抱紧；
请告诉我这民族的伟大，
轻轻的告诉我，不要喧哗！

请告诉我谁是中国人，
谁的心里有尧舜的心，
谁的血是荆轲聂政的血，
谁是神农黄帝的遗孽。

告诉我那智慧来得离奇，
说是河马献来的馈礼；
还告诉我这歌声的节奏，
原是九苞凤凰的传授。

请告诉我戈壁的沉默，
和五岳的庄严？又告诉我
泰山的石霤还滴着忍耐，
大江黄河又流着和谐？

再告诉我，那一滴清泪
是孔子吊唁死麟的伤悲？
那狂笑也得告诉我才好，——

庄周，淳于髡，东方朔的笑。

请告诉我谁是中国人，
启示我，如何把记忆抱紧；
请告诉我这民族的伟大，
轻轻的告诉我，不要喧哗！

重阳节

重阳节为农历九月初九，又称重九节、登高节。古时民间在重阳节有登高祈福、秋游赏菊、佩插茱萸、拜神祭祖等习俗，后来又添加了感恩敬老等内容，所以也被称为敬老节或老人节。

夕阳红

乔　羽

最美不过夕阳红，
温馨又从容，
夕阳是晚开的花，
夕阳是陈年的酒，
夕阳是迟到的爱，
夕阳是未了的情，
多少情爱
化作一片夕阳红。

重阳节

李松涛

雁阵，是季节高标的一行字幕。

霜风渐紧，万枝落叶
　　堆积成秋后可燃的情绪。
唯有耀眼的金菊——
从陶潜闲悠悠的东篱下，
从黄巢气冲冲的反诗中，
从毛泽东文绉绉的“菊香书屋”
　　探出明晃晃的头来。
邀约好友！佩茱萸——
　　携微醺之耳，怀共鸣之心，
登高。杯盏相酬。歌吟——

《高山流水》横入清秋前沿，
　　呼唤知音……
古人摔琴那一声轰响，
音波回环，震落多少帆樯？
笠舟陡倾，一条黄河红鲤咬钩，
　　下酒？祖父饥不择食……
……若干年后，
从我的喉中取出横亘的鱼刺，
　　嗅嗅——不腥，古气十足！
难以消化的历史症结，

　　沿着血缘顺流而下了……
（祖父和我两个男人相加，
——亦可谓“重阳”也！）

镰刀朝场院的谷垛点头示意，
　　——意犹未尽，
锈，就攀墙吻遍了它的面庞。
太阳确是真君子，
　　观沧桑棋弈，缄口不语，
偶遣阴晴为话，传递居高临下的感受：
　　胜负，皆载尘世！
弦外之音，听须聪耳，
　　景外之境，看须慧眼。
不然，那无限江山，
何以瘦成冷秋疲倦的背影？

一篮秋色，稳稳晾晒于牛背，
沐禾尘、沐民谣、沐夕晖，朗朗而归；
敦敦实实的碾台痴卧村头——
　　迎候在三代之前。
五步开外，隔一萧萧老秋，
　　系好鞋带的严冬正快步赶来……

饮九月初九的酒

潘洗尘

千里之外 九月初九的炊烟
是一缕绵绵的乡愁
挥也挥不去 载也载不动
我看见儿时的土炕 和半个世纪的谣曲
还挂在母亲干瘪的嘴角
摇也摇不动的摇篮，摇我睡去
摇我醒来
我一千次一万次地凝视
母亲 你的眉头深锁是生我时的喜
你的眉头深锁是生我时的忧
千里之外 九月初九的炊烟
是一群不归的候鸟
栖在满地枯叶的枝头
我看见遍野的金黄 和半个世纪的老茧
都凝在父亲的手上
三十年了总是在长子的生日
饮一杯朴素的期待
九月初九的酒，入九月初九老父的愁肠
愁 愁老父破碎的月光满怀
愁 愁老母凌乱的白发满头
饮九月初九的酒
饮一缕绵绵的乡愁

饮一轮明明灭灭的新月

圆也中秋

缺也中秋

重阳登高

——遍插茱萸少一人

翟永明

思亲问题　友爱问题
一切问题中最动人的
全都是登高的问题
都是会当绝顶时
把盏的问题

今朝一人　我与谁长谈？
遥望远处　据称是江北
白练入川是一条，还是两条？
汇向何处　都让我喜欢

在江北以远　是无数美人
男人们登高　都想得到她们
尽管千年之内　哺乳动物
和人类　倒一直
保持着生态平衡

今朝我一人把盏　江山变色
青色三春消耗了我
九九这个数字，如今又要
轮回我的血脉
远处一俯一仰的山峰

赤裸着跳入我怀中
我将只有毫无用处地
享受艳阳

思伤脾　醉也伤脾
飒飒风声几万？　呼应谁来临？
饮酒入喉　它落到身体最深处
情欲和生死问题
离别和健康问题
也入喉即化　也落到最深处
它们变得敏捷　又绵密
它们醉了　也无处不在

给岁月的答复

黎·穆特里夫

时间太匆忙，一点也不肯停留，
岁月便是时间的最快脚步。
畅流的水，破晓的黎明依然清晰，
　疾驰的岁月却是窃取寿命的小偷。
　窃取后，头也不回地，
一个追着一个，匆忙逃走。
在青春的花园里听不到黄莺拍翅，
树叶枯萎凋零，树枝变成秃头。
青春是人们最美妙的季节，
　然而它又是何等短暂。
当你撕掉日历上的一页，
　便会预感到青春的花朵凋落了一瓣。
　岁月之风在飘舞，落叶掩盖了大地，
落了叶的树显得格外可怜……格外悲凄。
岁月那么慷慨地给姑娘们带来了皱纹，
给男子们带来了满面的胡须。
　但是，不能咒骂岁月，
让它流过去吧，这是它必然的规律……
人们不会放松时间，
把戈壁变为绿洲的还是人们的双手。
岁月的胸襟辽阔，机会无穷，
山一般重大的事还是在岁月里耸立。
你瞧，昨夜还那么幼小的婴儿，

啊，今天他就会站起来走路了！
战斗的人们追随着战斗的岁月，
一定会留下他战斗的子孙；
昨晚为幸福而牺牲的烈士的墓上，
明天一定会布满悼念他的花丛。
尽管岁月给我带来了胡须，
但我会在岁月的怀抱里锻炼自己。
在我面前败走的每个岁月里，
早已铭刻了我的创作——不朽的诗篇。
在斗争最激烈的时候我不会衰老，
我的诗，像天空的繁星在我面前闪耀。
我时时不能忘记，坚韧——果敢就是胜利，
在斗争重重的陡坡上，死亡对我是何等渺小。
我要跟射手们牵起手来，
在前进的道路上紧紧地跟随旗手。
在战斗的疆场上始终不显出疲倦，
我要走遍一切走向胜利的道路。
岁月，你倒得意地擂胸狂笑，
在你面前我宁肯断头，绝不受你凌辱。
你别为催我衰老而过分地枉费心机，
我会把我的儿子许给最后的决斗。
岁月之海，尽管你的浪涛那样汹涌起伏，
我们的舰队一定会突破你的浪头。
尽管你以飞快的速度想恫吓我们，
但是创造必定会使你衰老——
这就是我们对你的答复！

1943 年，乌鲁木齐

当你老了

食　指

当你老了
已经步履蹒跚
身后，是你走过的万里山川
有你失足的令人心寒的山谷
也有你爬起又登上的艺术峰巅

当你老了
梦中常见大海
你就是船长
又驶出平静的港湾
继续在人生苦海中乘风破浪
你比以前，更加沉着勇敢

当你老了
心境十分坦然
昏花的老眼时常傲视着蓝天
仿佛在问，有谁像你一样
历经磨难，写那些苦难的诗篇

听说我老了

穆　旦

我穿着一件破衣衫出门，
这么丑，我看着都觉得好笑，
因为我原有许多好的衣衫
都已让它在岁月里烂掉。

人们对我说：你老了，你老了，
但谁也没有看见赤裸的我，
只有在我深心的旷野中
才高唱出真正的自我之歌。

它唱到，“时间愚弄不了我，
我没有卖给青春，也不卖给老年，
我只不过随时序换一换装，
参加这场化装舞会的表演。

“但我常常和大雁在碧空翱翔，
或者和蛟龙在海里翻腾，
凝神的山峦也时常邀请我
到它那辽阔的静穆里做梦。”

老有老的骄傲

毛　翰

春天说，夏天老了，
夏天说，秋天老了，
秋天说，冬天才老了呢，
冬天老了吗？不，冬天没有老。

冬天，拥有美丽的春的记忆，
冬天，拥有热烈的夏的阅历，
冬天，拥有丰硕的秋的收获，
悠然的冬天相信，老有老的骄傲。

没有了春天的幼稚，
没有了夏天的浮躁，
没有了秋天的忙乱，
冬天啊，是如此的安详、淡定和逍遥。

没有了学业的压力，
没有了谋生的辛劳，
没有了功名利禄的诱惑，
人生啊，是如此从容、真实和美好。

人生，从退休开始啊，朋友们！
每一天都是节日，

每一天都是假日，
每一天都是双休日，
每一天都是自由日。
每一天都是艺术节，
每一天都是旅游节，
每一天都是情人节，
每一天都是重阳节。

人生就像一本书，越老越有智慧，
人生就像一支歌，越老越有情调。
人生就像一幅画，越老越有内涵，
人生就像一坛酒，越老越有味道。

亲爱的老年朋友啊，
不要落寞，不要烦恼！
我们已经完成了各自的人生历练，
我们拥有了快乐老人俱乐部的门票！

我们还有爱的滋润，
我们还有情的围绕，
让我们眯起双眼快乐地冥想吧，
让我们张开双臂去拥抱生活吧！
一轮如同旭日般的夕阳，
它，是如此的绚丽、美好！

丰收节

丰收节为每年农历秋分，全称为“中国农民丰收节”。丰收节是 2018 年 6 月 21 日，经国务院同意于当年开始设立的。另外，在我国汉族和一些民族地区，有以农历十月初十为丰收节的说法，而畲族等部分民族地区，则以农历八月十五为丰收节。

我爱这土地

艾　青

假如我是一只鸟，
我也应该用嘶哑的喉咙歌唱：
这被暴风雨所打击着的土地，
这永远汹涌着我们的悲愤的河流，
这无止息地吹刮着的激怒的风，
和那来自林间的无比温柔的黎明……

——然后我死了，
连羽毛也腐烂在土地里面。
为什么我的眼里常含泪水？
因为我对这土地爱得深沉……

生　活

贺敬之

我们的生活：
太阳和汗液。

太阳从我们头上升起，
太阳晒着我们。

像小麦，
我们生长
在五月的田野。

我们是小麦，
我们是太阳的孩子。
我们流汗，
发着太阳味，
工作，
在小麦色的愉快里。

歌唱！
歌唱
在每个早晨和晚上。

生活
甜蜜而饱满的穗子，

我们兄弟般地
结紧在穗子上。

我们——熟透的麦粒呀。

乡村大道

郭小川

一

乡村大道呵，好像一座座无始无终的长桥！
从我们的脚下，通向遥远的天地之交；
那两道长城般的高树呀，排开了绿野上的万顷波涛。

哦，乡村大道，又好像一根根金光四射的丝绦！
所有的城市、乡村、山地、平原，都叫它串成珠宝；
这一串串珠宝交错相连，便把我们的锦绣江山缔造！

二

乡村大道呵，也好像一条条险峻的黄河！
每一条的河身，至少有九曲十八折；
而每一曲、每一折呀，都常常遇到突起的风波。

哦，乡村大道，又好像一道道干涸的沟壑！
那上面的石头和乱草呵，比黄河的浪涛还要多；
古往今来的旅人哟，谁不受够了它们的颠簸！

三

乡村大道呵，我生之初便在它上面匍匐；

当我脱离了娘怀，也还不得不在上面学步；
假如我不曾在上面匍匐学步，也许至今还是个侏儒。

哦，乡村大道，所有的山珍土产都得从此上路，
所有的英雄儿女，都得在这上面出出入入；
凡是前来的都有远大的前程，不来的只得老死狭谷。

四

乡村大道呵，我爱你的长远和宽阔，
也不能不爱你的险峻和你那突起的风波；
如果只会在花砖地上旋舞，那还算什么伟大的生活！

哦，乡村大道，我爱你的明亮和丰沃，
也不能不爱你的坎坎坷坷、曲曲折折；
不经过这样山山水水，黄金的世界怎会开拓！

在希望的田野上

晓　光

我们的家乡在希望的田野上
炊烟在新建的住房上飘荡
小河在美丽的村庄旁流淌
一片冬麦　一片高粱
十里荷塘　十里果香
我们世世代代在这田野上生活
为她富裕　为她兴旺

我们的理想在希望的田野上
禾苗在农民的汗水里抽穗
牛羊在牧人的笛声中成长
西村纺花　东港撒网
北疆播种　南国打场
我们世世代代在这田野上劳动
为她打扮　为她梳妆

我们的未来在希望的田野上
人们在明媚的阳光下生活
生活在人们的劳动中变样
老人们举杯　孩子们欢笑
小伙儿弹琴　姑娘歌唱
我们世世代代在这田野上奋斗
为她幸福　为她增光
为她幸福　为她增光

田园在上

温勇智

1

田园在上，我在下
只有一株庄稼的高度

祖先，在黎明前敞开心扉
给田园播种乡情里的情绪
田园风光，他就风光
田园荒芜，他就荒芜

蜜蜂、蝴蝶暗识乡愁的路径
一端与田园相连，一端与灵魂的去处相连
捡起一串麦穗，抑或稻穗撑起整个天空
我们在田园的摇篮里
把爱念得熟稔

2

手掌抓紧大地，一定有一株庄稼
在风中摇曳，里面藏着古老的星光和天涯
想流泪，就用庄稼上的露水诉说衷肠
想欢笑，就用庄稼上的花穗盛放爱情
想飞翔，就用庄稼上的果浆敲响大地

田园，唤着远方的亲人
一缕炊烟升上天空
庄稼脱下绿色外套，再次以最简单的方式证明
家是我们最初情定的日子

天空高远，田园渐显开阔
爱田园的人，将成为田园深处的另一片叶子
在清风之上，喧嚣之外
用最朴素的形式撼动大地

3

和田园立下的生死契约
凹凸处历史的曲线
汉字穿梭其间，草木知道兴盛的出处

田园在上，我们得以佑护
田园该是绿色的，风该是绿色的
呼吸该是绿色的
田园啊，我愿意像一株庄稼一样
每天为您闪烁着绿色

现在，田园里的经卷已经打开

我能听到自己脚步的回声
念想里的一首诗，默念着家园
一夜疯长的乡愁，葳蕤成一道绿色的风景：
田园的勋章

向一株庄稼学习热爱

陈于晓

大雪纷飞，转眼春暖花开
简简单单的田野，转瞬
就变得斑斓复杂了

时光像匹小马驹，时而温顺
时而撒野。我过往的日子
不知道，被它弄丢到哪儿了

呼吸不再均匀。绿色疯长
我所熟悉的庄稼，还是去年的模样

春红夏绿秋黄冬白，乡村这本书
我又将翻回到第一章节，开始阅读

一顶草帽晃了一下，我疑心
是父亲在田野中走动，去年的脚印

今年已发芽。只有一条田垄仍是沧桑的
花花草草，也掩饰不住它满身的青苔

村口相遇的白胡子老人，一定是
那株老银杏变化的，村中祠堂
那块“耕读传家”的牌匾

也一定是他，又重新擦亮了一遍

耕与读，在晴与雨之间
田野与村庄，村庄与远方，都在
耕与读之间。在深夜，当我们把一片月光
命名为虫鸣，被虫儿噬咬着的，叫乡愁

从日子深处牵出的耕牛，正犁开
农家乐的封面，它在一盏红灯笼下走神
从前的萤火虫，现在叫万家灯火

我知道，田园是允许我们走神的
尽管，田园自己从不走神

当我说出要向一株庄稼学习方言和热爱
一种叫根的东西，先是扎疼了乡土
然后，就深深地扎疼了我的内心

记者节

1937年11月8日，上海成立了中国青年记者协会，这是中国记协的前身。11月8日是中国记协的成立纪念日。1949年12月23日中华人民共和国政务院颁布的《全国年节及纪念日放假办法》中曾提到“记者节”，但没有确定具体日期。2000年8月，国务院正式批复中国记协的请示，同意将11月8日定为记者节。

纪念鲁迅先生八十诞辰

范长江

横眉冷对众虎狼，
俯首甘随牧牛郎。
层层迫害骨愈坚，
种种欺蒙瓦上霜。
手无寸铁兵百万，
力举千钧纸一张。
坚持真理勇战斗，
先生火炬照四方。

留别人民日报诸同志

邓　拓

笔走龙蛇二十年，
分明非梦亦非烟。
文章满纸书生累，
风雨同舟战友贤。
屈指当知功与过，
关心最是后争先。
平生赢得豪情在，
举国高潮望接天。

春天的蜜

圣　野

采蜜员

快活的小记者
是大千世界的
春天的采蜜员

哪里蜜多
哪里美丽多
就往哪里飞

等她飞不动的时候
她就说
让我休息一会儿吧
我的背包里，我的心里
还装着很多的蜜呢

敲门

有一个
戴着眼镜的小记者
到家里采访
她进门的第一句话
就是询问

春天在哪里
如果你不知道
春天在哪里
为什么还要来敲
我家的房门呢

娱乐版诸位同事

高　昌

诸位同事
挤在一个小小的火柴盒里
幻想着变成
一支支辉煌的火炬

我们把名声很响的责任
塞在臀部的裤兜里
像一枚钥匙
准备用来开启
遥远的
某扇现实的抽屉

偶尔也在版面上
对付一些公理
在尽可能的范围内
采摘几段本报消息
换点
呐喊和呼吁

不碰壁时
　　就很得意
碰了壁时
　　也没脾气

反正都是麦穗子
嫁给了镰刀
就不要喊疼痛和委屈
收进仓里
　　叫粮食
丢在地上
　　就算种子

诸位同事
早就放下了主角的架子
现在缪斯已搭好舞台
恭请财神先生来唱戏

扛笔行走

朱胜国

喊雪

翻开下一页，这么光滑的
胴体。这么一尘不染的
一望无边的白。这么纯粹
的寒冷，令我的到来孤独
而高洁

喊吧！灯光已暗了下来
这个城市午夜的光芒
集中在这片雪原上，是什么样的
照耀，令旅途失去退路

不是求救，是把沉重的夜幕撕开
一朵雪，两朵雪，循着声音
在笔下聚集，更多的雪的姐妹
飘过来。我说："喊吧！"

"那走失的春天，什么时候
从纸上跳出来？"更多的雪融进河流
我必须喊，让声音
产生热量，在寻回春天之前

黑夜之汁

拼命挤出黑夜的汁液……
这些，滴在纸上的
滚烫的泪水，令久旱的表情
骤然疼痛

饱含黑夜之汁的，它们
比如鹰，乌鸦，在笔下
盘旋。它们神秘，忧郁
像女巫穿过人群

谁能估摸它的重量：黑
聚敛万物，吞噬所有哀荣
像墨水或者苦难
用黑色的大瓮覆盖死亡和命运

是的，我所说的写作
必须浸泡在黑夜之汁里
四围的人群已经安睡，你取出
心脏，在黑夜之汁里反复搓洗

记着　记者

宋青松

在这个世界上有一种职业，他们可以不按时上班打卡，他们可以满世界地跑；他们让多数人尊重，也让有些人害怕；他们常被当作座上宾，也会被拒之门外；他们有时显得风光，他们有时直面危险；他们有时看起来很轻松，他们有时心中很疲惫……万众瞩目的大会堂有他们，贫穷偏远的小山村有他们；紧张忙碌的工地上有他们，激烈角逐的赛场边有他们；和平友好的会见时有他们、硝烟弥漫的战场上有他们；歌舞升平的舞台前有他们，揭开黑幕的暗访中有他们……他们用笔、用镜头、用语言、用心血，甚至用生命告诉了我们整个世界，我们却不曾走进他们的内心。这个职业叫记者，他们在为我们记着，我们也应该记着他们：

大会堂、小村落，
都有你身影穿梭；
善的花、恶的果，
你都在发现识破。

笔尖下、镜头前，
你把真相告诉我；
多少事、匆匆过，
你把它永远铭刻。

记者记着、记着记者，

风雨变迁、万家祥和，
那些苦、那些乐，
我愿意向你诉说。

记着记者、记者记着，
天南地北、硝烟战火，
这时代、这世界，
你为我把事实传播。

记者记着、记着记者！

附录

西方传统节日

情人节为每年的2月14日，又叫圣瓦伦丁节或圣华伦泰节，是西方的一个传统节日，青年男女在这一天互赠鲜花、巧克力、贺卡等表达爱意。

母亲节为公历5月的第二个星期日，是起源于西方国家的一个节日，20世纪80年代以来在我国民间也流行起来。

父亲节为6月的第三个星期日，是起源于美国而传向世界各地的一个节日。节日的庆祝方式多为向父亲赠送礼物和组织家庭聚餐活动等。

情人节

梦与诗

胡 适

都是平常经验，
都是平常影像，
偶然涌到梦中来，
变幻出多少新奇花样！

都是平常情感，
都是平常言语，
偶然碰着个诗人，
变幻出多少新奇诗句。

醉过才知酒浓，
爱过才知情重；——
你不能做我的诗，
正如我不能做你的梦。

记取我们简单的故事

李金发

记取我们简单的故事：
秋水长天，
人儿卧着，
草儿碍了簪儿
蚂蚁缘到臂上，
张惶了，
听！指儿一弹，
顿销失此小生命，
在宇宙里。

记取我们简单的故事：
月亮照满村庄，
——星儿哪敢出来望望，——
另一块更射上我们的面。
谈着笑着，
犬儿吠了，
汽车发生神秘的闹声，
坟田的木架交叉
如魔鬼张着手。

记取我们简单的故事：
你臂儿偶露着，
我说这是雕塑的珍品，

你羞赧着遮住了

给我一个斜视，

我答你一个抱歉的微笑，

空间静寂了好久。

若不是我们两个，

故事必不如此简单。

雨　巷

戴望舒

撑着油纸伞，独自
彷徨在悠长，悠长
又寂寥的雨巷，
我希望逢着
一个丁香一样的
结着愁怨的姑娘。

她是有
丁香一样的颜色，
丁香一样的芬芳，
丁香一样的忧愁，
在雨中哀怨，
哀怨又彷徨。

她彷徨在寂寥的雨巷，
撑着油纸伞
像我一样，
像我一样地，
默默彳亍着，
冷漠，凄清，又惆怅。

她静默地走近
走近，又投出

太息一般的眼光，
她飘过
像梦一般的
像梦一般的凄婉迷茫。

像梦中飘过
一枝丁香地，
我身旁飘过这女郎；
她静静地远了，远了，
到了颓圮的篱墙，
走尽这雨巷。

在雨的哀曲里，
消了她的颜色，
散了她的芬芳，
消散了，甚至她的
太息般的眼光，
丁香般的惆怅。

撑着油纸伞，独自
彷徨在悠长，悠长
又寂寥的雨巷，
我希望飘过
一个丁香一样的
结着愁怨的姑娘。

雪花的快乐

徐志摩

假若我是一朵雪花，
翩翩的在半空里潇洒，
我一定认清我的方向
——飞扬，飞扬，飞扬，
这地面上有我的方向。

不去那冷寞的幽谷，
不去那凄清的山麓，
也不上荒街去惆怅
——飞扬，飞扬，飞扬，
——你看，我有我的方向！

在半空里娟娟的飞舞，
认明了那清幽的住处，
等着她来花园里探望
——飞扬，飞扬，飞扬，
——啊，她身上有朱砂梅的清香！

那时我凭借我的身轻，
盈盈的，沾住了她的衣襟，
贴近她柔波似的心胸
——消溶，消溶，消溶
——溶入了她柔波似的心胸。

爱的秘诀

李 敖

爱是快快乐乐，不是多愁善感。
我不爱得太深，只要爱得很浅。

爱是笑口常开，不是愁眉苦脸。
我不爱得太近，只要爱得很远。

我是多情情人，喜欢以眼还眼：
眼里意乱情迷，心里迷途知返。

我愿有始无终，我愿有增无减，
我愿爱得沉默，沉默就是呐喊。

给　他（选二）

林　子

亲爱的，亲爱的，这三个字有什么神奇，
我永不知道，如果不是用来呼唤了你。
多少人都把它放在心里，放在
最深的地方——和一个人揉合在一起……
人的生命，只有一次，
我和你也只有一次相遇；
相遇了，两颗心就再不能够分离。
从此，亲爱的——这呼唤把我们紧紧相系，
它时刻鸣响着，在我心的每次跳动里，
它像空气，伴随着我的呼吸。
人们说它时，永远是轻轻的，
但谁能知道它载着重量几许？
一旦我们的耳朵再也听不见它的声音，
在新的生命里，它依然活着，永不停息……

只要你要，我爱，我就全给，
给你——我的灵魂、我的身体。
常春藤般柔软的手臂，
百合花般纯洁的嘴唇，
都在等待着你……
爱，膨胀了它的主人的心；
温柔的渴望，像海潮寻找着沙滩，

要把你淹没……
再明亮的眼睛又有什么用，
如果里面没有映出你的存在
就像没有星星的晚上，
幽静的池塘也黯然无光。
深夜，我只能派遣有翅膀的使者，
带去珍重的许诺和苦苦的思念，
它忧伤地回来了——你的窗户已经睡熟。

我是你流浪过的一个地方（节选）

王海桑

不知道是对是错，不管它是对是错
我只想和你在一起，一起等太阳出来
没有水，你是我的水
没有粮食，我是你的粮食
我们自始至终相信同一个神
热爱同一个命运
因为啊，爱上你
我身体中有世上最柔软的部分
我无法想象，你起伏的身体
是怎样的一个神秘国度
我爬遍你的全身，像个孩子
你新鲜、温暖而美丽
当你的呼吸在我的鼻孔
我的手在你的发间
你问：你好吗？
我说：我想你。

一棵开花的树

席慕蓉

如何让你遇见我
在我最美丽的时刻
为这
我已在佛前求了五百年
求它让我们结一段尘缘
佛于是把我化作一棵树
长在你必经的路旁
阳光下慎重地开满了花
朵朵都是我前世的盼望
当你走近
请你细听
颤抖的叶是我等待的热情
而你终于无视地走过
在你身后落了一地的
朋友啊 那不是花瓣
是我凋零的心

母亲节

呵，母亲

舒　婷

你苍白的指尖理着我的双鬓，
我禁不住像儿时一样
　　紧紧拉住你的衣襟。
呵，母亲，
为了留住你渐渐隐去的身影，
虽然晨曦已把梦剪成烟缕，
我还是久久不敢睁开眼睛。

我依旧珍藏着那鲜红的围巾，
生怕浣洗会使它
　　失去你特有的温馨。
呵，母亲，
岁月的流水不也同样无情？
生怕记忆也一样褪色啊，
我怎敢轻易打开它的画屏？

为了一根刺我曾向你哭喊，
如今戴着荆冠，我不敢，
　　一声也不敢呻吟。
呵，母亲，
我常悲哀地仰望你的照片，
纵然呼唤能够穿透黄土，
我怎敢惊动你的安眠？

我还不敢这样陈列爱的祭品，
虽然我写了许多支歌
　　给花、给海、给黎明。
呵，母亲，
我的甜柔深谧的怀念，
不是激流，不是瀑布，
是花木掩映中唱不出歌声的枯井。

我走在路上

杨如雪

我不疑心少年只是疑心老人
酷似你亲切熟悉的背影
怎么可能
这里是外省
阳光和世界整整远了几千里地
妈妈，我小声地叫
我总是会叫错
有时候我还会追上去

这个世界上
所有矮小的驼背的戴灰色头巾的老妇人
都会令我发生错觉
令我的视线依稀模糊起来
使我冷酷的心一下子变得温柔

她们常常回过头端详我半天，
怎么了，孩子
妈妈，我小声地叫
周围的空气一片寂静

婚纱照

张贤明

在家翻看照片，
突然我看到了，
爸爸妈妈的婚纱照！
妈妈穿一身洁白的婚纱，
爸爸戴一副洁白的手套，
爸爸妈妈真漂亮呀！
我有些急了，
拿着照片找姥姥：
姥姥，姥姥，
他们照这么好的照片，
怎么不带我呀？
怎么不带我呀？
他们把我忘了！

刻骨铭心的熟悉

车延高

刚懂事的时候
童年就把眼睛放在石板路上
每天数着陌生的脚印
数着每年换两次衣服的草木
直到有一天把自己丢了
丢在时间的疏忽中
丢在比脚印遥远的城市
丢在欲望编织的梦幻里
丢在不断长大的人群里

后来碰到了镜子里的皱纹
才开始想家
才想到老了的母亲也许走不动了
回来时
石板路被野草覆盖着
找不到曾经跟踪过我的蚂蚁
找不到母亲藏在草叶下的青丝
只剩下没有遮拦的鸟叫
和那眼等了我很久的山泉
我又看见母亲在泉边洗脸
听到她背着我上山时的喘息
那是一种刻骨铭心的熟悉

梦　话

傅天琳

你睡着了你不知道
妈妈坐在身旁守候你的梦话
妈妈小时候也讲梦话
但妈妈讲梦话时身旁没有妈妈

你在梦中呼唤我呼唤我
孩子你是要我和你一起到公园去
我守候你从滑梯一次次摔下
一次次摔下你一次次长高

如果有一天你梦中不再呼唤妈妈
而呼唤一个陌生的年轻的名字
那是妈妈的期待妈妈的期待
妈妈的期待是惊喜和忧伤

小小儿的请求

应修人

不能求响雷和闪电底归去，
只愿雨儿不要来了；

不能求雨儿不来，
只愿风儿停停吧！

再不能停停风儿呢，
就请缓和地轻吹；

倘然要决意狂吹呢，
请不要吹到钱塘江以南。

钱塘江以南也不妨，
但不吹到我的家乡；

还不妨吹到我家，
千万请不要吹醒我底妈妈，
——我微笑地睡着的妈妈！

妈妈醒了，
伊底心就会飞到我底船上来，

风浪惊痛了伊底心，

怕一夜伊也不想再睡了。

缩之又缩的这个小小儿的请求，
总该许我了，
天呀？

父亲节

写给孩子

大　卫

我本内心孤傲之人，是你
把我降低，在你之前
从不把河流、天空放在眼里
远方仅仅是一种传说
常常在三步之内
爱上一个人或者寂寞
如果两者同时爱上了
那就是一个人的寂寞

天空被使用无数次了
我不能给你更新的天空
不能给你大树
也不能给你小草。人间到处皆颜色
绿与不绿，是你自己的事

从一条道路到另一条道路
叶子落下的地方
给你松树的祖国
柳树的祖国，槐树的祖国
总之，我给你的祖国全是木字旁
如果非要给你一个天空
她一定是从未被使用过的
蓝得让人晕眩，且是

草字头的那种蓝

生活无数，我只爱有你的
那一个。你不来
江山多美
都是浪费
仿佛除了爱你
我不会做别的事
因为你，在群山到来之前
我就爱上了群山
做你的父亲是上帝的安排
你不是天使
所以我可以在人间
好好地爱你……

给我的孩子

海　桑

你不是我的希望，不是的
你是你自己的希望
我那些没能实现的梦想还是我的
与你无关，就让它们与你无关吧
你何妨做一个全新的梦
那梦里，不必有我
我是一件正在老去的事物
却仍不准备献给你我的一生
这是我的固执
其实在生命的意义上我们都是奇迹
就像未来不会比现在更重要
你我也只能是对方人生的某个部分
然而我爱你，我的孩子

父亲的麦地（节选）

阿　紫

父亲
我又来了
来到您的麦地
您依旧是
宁静地沉睡
依旧是
您离去时
眼角的那一滴泪
深深地烙进我的心底

只是
每一次
我的返回
都会像卸掉翅膀的鸟儿一样
跪在你温暖的胸口
将彻悟　将忏悔
将封闭的内心
将受伤的自己
以及由此衍生的一场又一场梦
像暴雨
降临在
只有您
能接纳我疗伤的麦地

父亲

这里是养育我的麦地

我能感受到您温雅的微笑

看到您挺拔伟岸的身躯

能听到

您离开我时

叮嘱的话语

您说

人生中

哪怕有百分之一的希望

也要尽百分之百的努力

无论发生什么

孩子

你记住

我会和你在一起

父亲

这里是我幸福的麦地

我能闻到您做的饭菜味道

能感受到

北方刺骨的寒风里

我们那间小屋

您点燃的红红的炉火

和您温暖的气息

我知道

我是您攥在手中的一粒麦子

您宁可让麦芒刺破掌心

也不让麦粒从你手中落地

父亲
这里是我思念的麦地
在青春痛楚的岁月里
您亲自种下的幽默
让我所有开花的日子
不再流泪
让所有的梦
不再凄厉
您说：
遥望的心情和无边的海岸
是相互对峙
不要看老青春
只要信守爱的忠实
哪一片地
都会生出新绿
哪一片天
都会承接你的悲喜

父亲
这里是我灵魂的麦地
每当想起您
就是冰天雪地
我也能把冻结的诗韵燃烧
在心海里播撒炽热的雨季
父亲
感谢您

在我生命里

注入了飞翔的羽翼

让我能坦然地走过沧桑

走过四季

走过自己

在生长荆棘的土壤里

用单薄的双肩承接幸福

用并不坚实的双臂撑起风雨

父　亲

车　行

想想你的背影，
我感受了坚韧。
抚摸你的双手，
我摸到了艰辛。
不知不觉你鬓角露了白发，
不声不响你眼角上添了皱纹。
我的老父亲，
我最疼爱的人！
人间的甘甜有十分，
你只尝了三分。
这辈子做你的儿女，
我没有做够，
央求你呀下辈子，
还做我的父亲……

听听你的叮嘱，
我接过了自信。
凝望你的目光，
我看到了爱心。
有老有小你手里捧着孝顺，
再苦再累你脸上挂着温馨。
我的老父亲，
我最疼爱的人，

生活的苦涩有三分，
你却吃了十分。
这辈子做你的儿女，
我没有做够，
央求你呀下辈子，
还做我的父亲！
我的老父亲，
我最疼爱的人……

图书在版编目（CIP）数据
中国节日朗诵诗选 / 高昌，张贤明编选. —北京：现代出版社，2020.6
ISBN 978-7-5143-8261-7

Ⅰ. ①中… Ⅱ. ①高… ②张… Ⅲ. ①诗集—中国—现代②诗集—中国—当代 Ⅳ. ①I226
中国版本图书馆CIP数据核字（2020）第049401号

中国节日朗诵诗选

编　　选：高　昌　张贤明
责任编辑：裴　郁　曾雪梅
出版发行：现代出版社
通信地址：北京市安定门外安华里504号
邮政编码：100011
电　　话：010-64267325　010-64245264（兼传真）
网　　址：www.1980xd.com
电子邮箱：xiandai@vip.sina.com
印　　刷：三河市国英印务有限公司

开　　本：710mm×1000mm　1/16　　印　　张：22
版　　次：2020年6月第1版　　印　　次：2020年6月第1次印刷
字　　数：335千字
书　　号：ISBN 978-7-5143-8261-7
定　　价：49.80元

声　　明

因作者面广，作品时间跨度大，尽管我们经过多方努力仍有部分作者无法联系上。请作者（著作权人）予以谅解并与我们联系著作权使用事宜，我们将奉寄样书并支付稿酬。

联系人：曾雪梅　裴　郁

联系电话：010-64240453